結合自然發音與KK音標的發音訣竅

不怕開口說英文！

【五線譜學習法】

- Do 圖解發音 看圖開口，簡單辨識嘴型舌頭正確發聲位置。
- Re 發音規則 看文字解說，清楚自然發音+KK音標的發音方法。
- Mi 隨堂練習 即時自我評量驗收學習成效。
- Fa 音節劃分 老師獨門音節劃分法，再困難的英文長字都能輕鬆脫口說！
- So 繞口令特訓 跟著MP3反覆唸，強化英文口齒伶俐度。

作者序

教學十數載，精研國內外許多有關自然發音書籍，常常思考，如何才能幫助初學學生很快的將發音唸好？深感英文的學習，發音不佳，也相對影響學生聽的能力以及英文字拼寫的能力。相應近年學校畢業門檻及職場急切需要的英文檢定考試，學生面對口說朗讀部分的單字，如何紓解考場不會唸單字的窘困，成為迫切。在教學經驗當中，不斷修正教學方式及撰寫講義，發現再結合 KK 音標，對成年的學生，學習效果更好。

筆者常常在處理一些很專業的文獻，發現太多專業的詞彙，並無 KK 音標可以對應，造成一些碩博士學生，不知如何正確唸出專有名詞，常在出國參加會議時出糗。經過筆者多年的研究，整理出一套不只適合初學者，對專業的人士，也相當有用的工具書，輔以兩套（KK 及自然發音）系統及最後筆者自行整理出的劃分音節的創見，成功協助無數學生克服困難。願此書的出版，能造福更多莘莘學子及職場專業人士。

呂丹宜 Dannie Lu

編者序

國人學英文普遍最害怕的莫過於開口説，常常有許多人英文讀寫很厲害，碰到口説卻馬上投降，而其中最大的問題就在於發音。

坊間英語補習班、英語參考書各有標榜學習自然發音或 KK 音標的好處，本書融合了這兩種學習方法的優點，並加入了老師自創的音節劃分法，另附光碟，方便讀者一邊閱讀一邊練習。不但適用於初學者，也適合學習英文多年的人士拿來作為正音的工具書。

謝謝丹宜老師的用心，期許讀者能藉由本書，獲得説英文的自信！

編輯部

Contents

Contents

Part 1

認識KK音標

及自然發音

1. KK 音標的由來與介紹

2. 自然發音(Phonics)

- 短母音
- 長母音
- 雙母音表組合
- 母音的發音組合
- 子音
- 子音的發音組合

KK 音標的由來與介紹

兩位美國學者 John Samuel Kenyon 和 Thomas Albert Knott，根據英國 Daniel Jones 教授制定的音標符號，稱為國際音標（The International Phonetic Alphabet，簡稱 IPA），整理出一套音標系統（總共有 41 個符號）來標注美語發音，這套音標系統，以兩位學者的姓，將其簡稱為 KK 音標。IPA 及 KK 系統，只有幾個符號不同。他們在西元 1944 年由 G.&C. Merriam 公司出版了「A Pronouncing Dictionary of American English」（美語發音字典），台灣的正文書局曾於民國六十九年九月發行。此套系統幫助外國人學習正確美語的發音。

梁實秋在 1949-1966 年服務於臺灣省立師範學院及其改制的國立臺灣師範大學，任英語系專任教授兼系主任；在該期間，主編大學英文教科書，並與遠東書局合作，出版遠東版初中及高中英文課本以及遠東英漢詞典。當時中國大陸、香港等地採用的是英式發音的 DJ 音標，但在台灣主要採用美式英語，因此梁實秋在編輯英文教材與參考書時，引進美式發音的 KK 音標，此舉對台灣的英語文教育影響深遠。至今 KK 音標仍然是台灣學生學習英語的輔助方式，除了台灣出版的教科書與英漢辭典外，仍常使用於電子辭典中。

它是一個「一符一音」音標系統，即每一個音標代表一個特定的發音，跟我們的ㄅㄆㄇ注音符號系統相似。學會 KK 音標的符號，當遇到不會唸的單字時，只需要查字典，並根據它所標注的 KK 音標就可以把音讀出來，音標符號用中括號 [ ] 表示；b 是字母，而 [b] 則是音標。

KK 音標共有 14 個單母音，分別是 [æ]、[ɛ]、[ɪ]、[ɑ]、[ʌ]、[e]、[i]、[o]、[u]、[ʊ]、[ɚ]、[ɝ]、[ə]、[ɔ]，3 個雙母音，[əu]、[aɪ]、[ɔɪ]，以及 24 個子音。子音分為有聲及無聲。無聲子音，分別為 [p]、[t]、[k]、[f]、[s]、[θ]、[ʃ]、[tʃ]、[h] 等 9 個；有聲子音 [b]、[d]、[g]、[l]、[m]、[n]、[r]、[v]、[w]、[z]、[ʒ]、[ð]、[ŋ]、[dʒ]、[j] 等 15 個子音。共計有 41 個符號。

子音若以字母同形及不同形分類。子音與字母同形的有 16 個，分別是 [b]、[d]、[k]、[f]、[g]、[h]、[l]、[m]、[n]、[p]、[r]、[s]、[t]、[v]、[w]、[z]，以及 8 個不同形的子音，[ʒ]、[ð]、[tʃ]、[θ]、[ŋ]、[dʒ]、[ʃ]、[j]。

母音符號	雙母音符號	子音符號
[æ]、[ɛ]、[ɪ]、 [ɑ]、[ʌ]、[e]、 [i]、[o]、[u]、 [ʊ]、[ɚ]、[ɝ]、 [ə]、[ɔ]	[əu]、[aɪ]、[ɔɪ]	有聲子音： [b]、[d]、[g]、 [l]、[m]、[n]、 [r]、[v]、[w]、 [z]、[ʒ]、[ð]、 [ŋ]、[dʒ]、[j] 無聲子音： [p]、[t]、[k]、 [f]、[s]、[θ]、 [ʃ]、[tʃ]、[h]

自然發音 (phonics)

自然發音，是有規律有系統的，根據英文 26 個字母，以及常見音標組合，讓學習者知道發音的規則。學習自然發音規則，可以有效協助外國人士英文字的發音，對於專業學習者，很多專業術語無 KK 音標相對應，自然發音即是一種極為有效的輔助系統。而在目前許多口語測驗，像是:全民英檢（GEPT）、多益（TOEIC）……等等，無法查詢字典的情形下，提供應試者，得以快速判別不熟悉單字的念法，順利通過考試。

自然發音系統中，將 26 個字母分為母音及子音。母音是所有英文字組成的基本，每一個英文字都有 1 到多個母音所組成。英文字 26 個字母中，有五個母音，就是 a、e、i、o、u，其他 21 個字母 b, c, d, f, g, h, j, k, l, m, n, p, q, r, s, t, v, w, x, y, z 就是子音。

短母音

母音的發音分為短母音的 [æ]、[ɛ]、[ɪ]、[ɑ]、[ʌ]（口訣：ㄝˋ、ㄟˋ、ㄧˋ、ㄚˋ、ㄜˋ），就是 a, e, i, o, u 的唸法之一，例如：a，發音像是ㄝˋ，KK 音標為 [æ]，比如：apple, at, bed 和 kit。何時會念短音呢？一個英文字只有一個母音的字，就一定是念短母音。例如：at, egg, ink, ox, up, bag, bed, pin, box, hug, mask, brisk。

長母音

長母音 [e]、[i]、[aI]、[o]、[ju]，就是 a, e, i, o, u 字母的唸法，例如: a，發音為ㄟ丶一，KK 音標為 [e]，比如: ape, rain, lay, 和 jade。何時會唸長母音呢？

1. 單音節的字，字尾 e 不發音，a_e, e_e, i_e, o_e, u_e（空格 _ 是子音），例如： cake, Pete, kite, coke, mute。

2. 兩個母音在一起時，第一個母音發長母音，第二個母音不發音。例如：rain 的 i 不發音, read 的 a 不發音, load 的 a 不發音。（但只有符合雙母音表的兩個母音搭配字，才能念長母音）。

雙母音表組合

a [e]		e [i]		i [aI]		o [o]		u [ju]	
a_e	bake	e_e	here	i_e	like	o_e	love	u_e	cute
ai	main	ee	leek	ie	pie	oa	coat	ue	value
		ea	eat						

3. 母音放在字尾時唸長音，例如 he, me, so,和 hi。

母音的發音組合

母音除了短母音及長母音的雙母音組合外，常見的母音發音組合，還有：

母音組合	發音	KK 符號	單字
ay	ㄟ、一	[e]	lay, ray
ey	一、 ㄟ、一 一˙	[i] [e] [ɪ]	key grey barley
igh	ㄞ、一	[aɪ]	high, might
oo	ㄨ˙ ㄨ、	[ʊ] [u]	book moon
ou	ㄠ、ㄨ	[aʊ]	house
ow	ㄠ、ㄨ ㄡ、	[aʊ] [o]	bow low
ew	ㄨ、 一、ㄨ	[u] [ju]	crew few
oi	ㄛ、一	[ɔɪ]	coin
oy	ㄛ、一	[ɔɪ]	soy
ui	ㄨ、 一、ㄨ	[u] [ju]	fruit juice

所有的母音都可以跟子音 r 搭配，像是：

字中間			母音+r組合	字尾		
發音	KK 符號	單字		發音	KK 符號	單字
ㄚ丶ㄦ	[ɑr]	barley	ar	ㄦ	[ɚ]	beggar
ㄦ	[ɝ]	herself	er	ㄦ	[ɚ]	teacher
ㄦ	[ɝ]	bird	ir	ㄦ	[ɚ]	stir
ㄛ丶ㄦ	[or]	horse	or	ㄦ	[ɚ]	doctor
ㄦ	[ɝ]	hurt	ur	ㄦ	[ɚ]	fur

	[ɚ]	[ɝ]
發音差異	發音像ㄦ	發音像ㄦ，但舌頭捲更進去
單字	teacher, dollar, flower	girl, bird, fur

子音

基本上，子音的發音相當固定，21 個字母有各自的發音，幾乎在任何場合，其發音都不會變，例如:字母 d，發音為ㄉㄜ˙，KK 音標為 [d]，在任何英文字的組合中，永遠唸 [d]。但有 7 個子音，像是：c, g, l, m, n, r 以及 y。在英文字中，會因擺放位置不同，而有不同發音。容我們在後面再詳細說明。

子音的發音組合

子音的發音組合有很多，大略可分為幾種：

1. l, r 混音

子音組合	KK 音標	單字	子音組合	KK 音標	單字
fr-	[fr]	fry	dr-	[dr]	dry
gr-	[gr]	green	fl-	[fl]	fly
br-	[br]	brake	gl-	[gl]	glass
cr-	[kr]	cry	bl-	[bl]	blare
pr-	[pr]	pray	cl-	[kl]	clean
tr-	[tr]	try	pl-	[pl]	please

2. sp, st

子音組合	KK 音標	單 字
st-	[sd]	stick, stiff, stop, still
sp-	[sb]	spell, spill, spin, split
sch-	[sg]	school
sk-	[sg]	ski, skate

3. 特殊子音組合

子音組合	發音	KK 音標	單 字
sh	ㄒㄩ˙	[ʃ]	ship, shell,
ch	ㄑㄩ˙	[tʃ]	church, chance

wh	ㄏㄨㄛ˙	[hw]	what, when
ph	ㄈㄜ˙	[f]	phone, graph
ck	ㄎㄜ˙	[k]	clock, duck
ng	ㄣ˙	[ŋ]	sing, ring
th	---	[θ] [ð]	three, smooth these, that
dge	ㄐㄩ˙	[dʒ]	edge, bridge

4. 部分發音的子音組合

有些子音的組合，一些字不會發音，像是：

子音組合	發音	KK 音標	單 字
psy	ㄙㄞ、（p 不發音）	[saI]	psychology, psychic
wr	ㄖㄜ˙（w 不發音）	[r]	write, wrong
kn	ㄋㄜ˙（k 不發音）	[n]	knee, know
mb	---（b 不發音）	[m]	comb, thumb

自然發音綜合許多發音規則，但英文字仍有許多外來字，不一定能完全套用，估計約 80%的英文字可以以自然發音規則唸出，但佐以 kk 音標的輔助，可以幾近百分百準確無誤的發音。相信本書的引導，可以為各位初學者開啟更上一層樓的學習。

Part 2

認識發音

KK+自然發音，超有效

Unit 01 a [æ]

MP3 01

	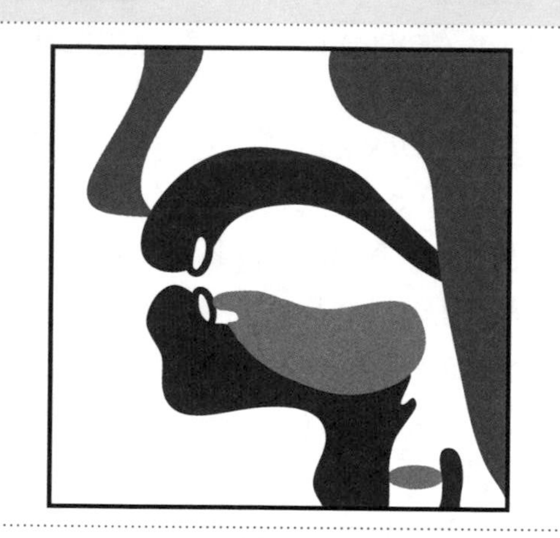
嘴型 上下嘴唇左右拉開，嘴型扁平。	**舌頭** 舌頭壓低。

發音要訣

a 的短母音發音為せˋ，KK 音標為 [æ]，上下嘴唇向左右拉開，要張得比唸 [ɛ] 要大，舌頭要壓低，嘴型扁平，發短音せˋ。

Vocabulary 補給

- **apple** *n.* 蘋果

  An apple a day keeps the doctor away.

  一日一蘋果，醫師遠離你。

- **at** *prep.* 在……地點；在……時間

  I will meet you at the library.

  我將在圖書館和你見面。

- **mask** *n.* 面具；面罩 *v.* 戴上面具

  Put your mask on while cleaning the room.

  當清掃房間時，把口罩戴上。

  Everyone masked at the masquerade.

  每個人在化裝舞會中戴上面具。

- **bag** *n.* 袋子 *v.* 把……裝袋

  The bag is made of leather.

  那個袋子是皮製品。

  The waiter was asked to bag all the leftovers.

  服務生被要求為剩下的食物裝袋。

- **mat** *n.* 地墊 *v.* 為……鋪上墊子

  Please take the mat to the front door.
  請將這個墊子拿到前門去。

  Judy mats for her new pet.
  茱蒂為她的新寵物鋪上墊子。

- **hat** *n.* 帽子 *v.* 給……戴上帽子

  This hat suits you perfectly.
  這一頂帽子非常適合你。

  Clair hats her little Barbie doll.
  克萊兒為她的小巴比娃娃戴上帽子。

❶ 請選出發音相同的字

mat　(A) bag　(B) banana　(C) take

❷ 請連出正確 KK 音標之英文字

mat	[æpəl]
bag	[mæt]
apple	[bæg]

❸ 選出發音不同的字

at　elephant　bag　mat　cat

❹ 選出句子 She wears a hat.中 hat 的詞性：

(A) 名詞　(B) 動詞　(C) 形容詞　(D) 介系詞

Unit 02 a [ə] MP3 02

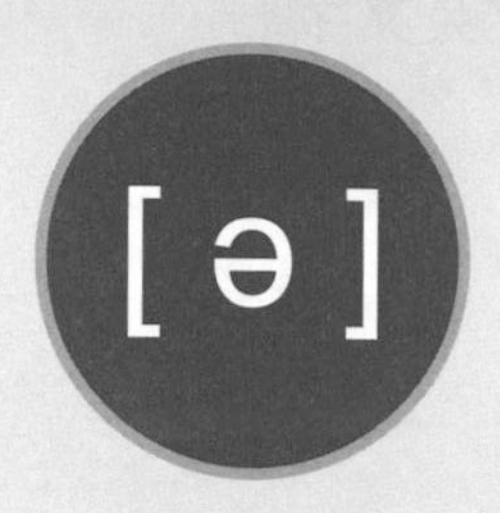

	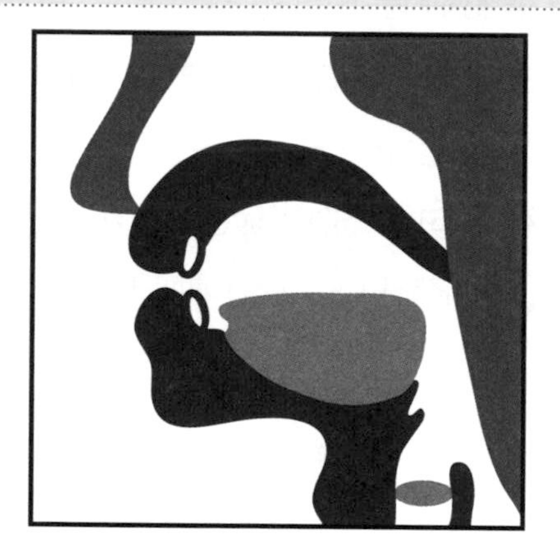
嘴型 上下嘴唇微張。	**舌頭** 舌頭放鬆，擺中間。

發音要訣

KK 音標符號 [ə] 的發音，幾乎所有母音都有可能發這個音。其發音為ㄜˊ，類似打嗝的音。嘴巴輕輕張開，舌頭放鬆，擺中間，發音在喉頭，雙唇微張，發ㄜˊ。

Vocabulary 補給

- **banana** *n.* 香蕉
  There is a bunch of bananas on the tree.
  樹上有一串香蕉。

- **abbey** *n.* 修道院
  The abbey was built in 1865.
  這修道院在 1865 年被建造起來。

- **amaze** *v.* 驚訝
  We all amaze at his changes.
  我們都驚訝於他的改變。

- **about** *prep.* 關於 *adv.* 到處
  She is concerned about her father's health.
  她關心她父親的健康。

  He likes wondering about life.
  他喜歡思考人生。

- **dialect** *n.* 方言 *adj.* 方言的
  Cantonese is one of the dialects in China.
  廣東話是中國的方言之一。

This is my favorite dialect ballad.
這是我最喜歡的方言民謠。

- **apart** *adv.* 分開地
The twins have never been apart.
那對雙胞胎從未被分開過。

隨堂測驗

❶ 請找出發音不同者

apart　　abbey　　apple　　dialect

❷ 請寫出 banana 的 KK 音標 [　　　]

❸ 請連連看

apart　　[e]
dialect　　[ɑ]
amaze　　[ə]

❹ 填字遊戲

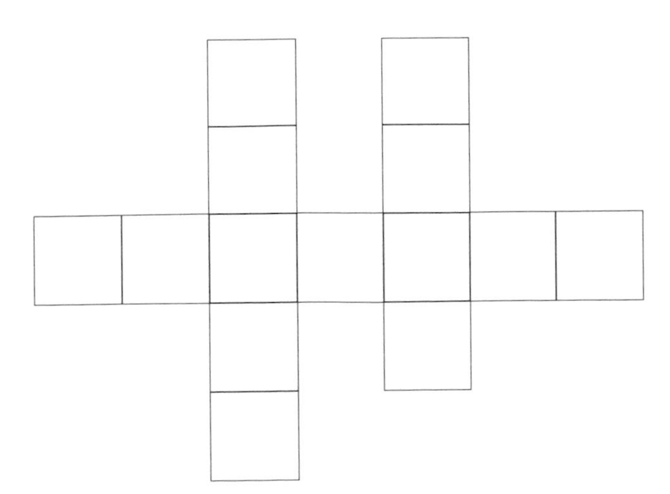

Unit 03 a_e [e] MP3 03

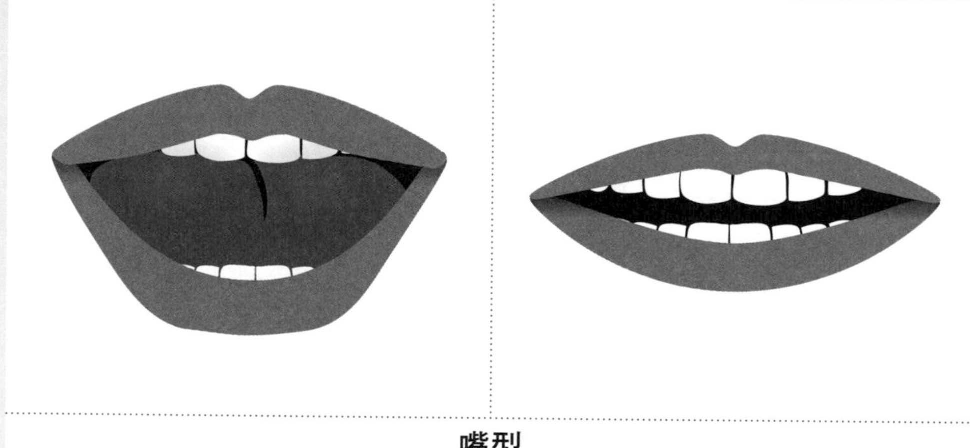

嘴型

上下嘴唇左右拉開，嘴型扁平。

發音要訣

母音 a 的長母音，發音ㄟ、一，KK 音標為 [e]，雖被歸類為單母音，但是發出來的音是兩個音。嘴型微張，先發出 [ɛ]，再發 [i]。發音腔肌肉放鬆，先張，後縮，發ㄟ、一。

Vocabulary 補給

- **ape** *n.* 大猩猩 *v.* 模仿 *adj.* 瘋狂的

  The ape is a smart creature.
  大猩猩是個聰明的生物。

  Don't ape his misdeed.
  不要模仿他的不良行為。

  The kids go ape when they hear the whistle.
  當孩子聽到哨子聲，他們就大玩了起來。

- **jade** *n.* 玉，翡翠 *adj.* 玉製的

  Jade is usually green stones that are used for jewelry.
  玉是一種做為珠寶的綠色石頭。

  Jade mountain is in the central of Taiwan.
  玉山在台灣的中央。

- **cake** *n.* 蛋糕

  The birthday cake is yummy.
  那個生日蛋糕很好吃。

- **babe** *n.* 嬰兒
  Do not wake up the sleeping babe.
  不要吵醒睡覺的嬰兒。

- **wade** *n.* 艱難的走 *v.* 涉水
  He went for a wade in the forest.
  他在森林中跋涉。

  He wades across the river.
  他涉水過河。

- **amaze** *v.* 使吃驚
  His behavior amazed everyone.
  他的行為讓每個人吃驚。

❶ 請標出 amaze 的 KK 音標 [ ]

❷ 請找出拼錯的字

(A) jade (B) ape (C) bebe

❸ 請找出發音不同的字

baby amaze apple ape

❹ 請問句子 Don't ape his misdeed.中「ape」是何詞性？

(A) 名詞 (B) 形容詞 (C) 動詞

Unit 04 ai [e] MP3 04

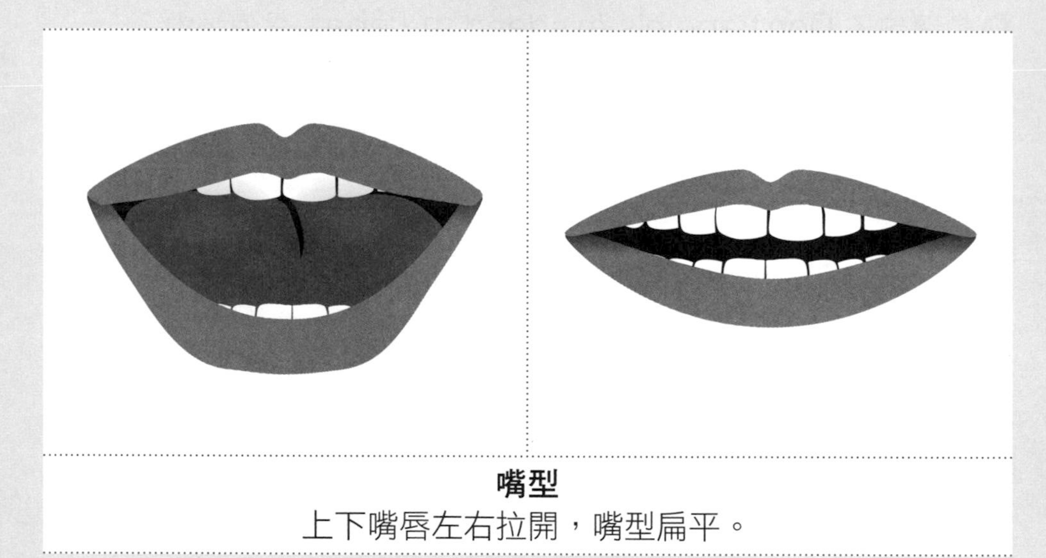

嘴型

上下嘴唇左右拉開，嘴型扁平。

發音要訣

母音 a 的長母音，發音ㄟ丶一，KK 音標為 [e]，雖被歸類為單母音，但是發出來的音是兩個音。嘴型微張，先發出 [ɛ]，再發 [i]。發音腔肌肉放鬆，先張，後縮，發ㄟ丶一。

Vocabulary 補給

▪ **rain** *n.* 雨 *v.* 下雨

A sudden rain released the drought.
突然的一陣雨舒緩了旱災。

It will rain tomorrow.
明天將會下雨。

▪ **drain** *n.* 排水管 *v.* 排水

The drain in the kitchen needs repairing.
廚房的排水管需要修理。

The water was drained away soon.
水很快被排掉。

▪ **plain** *n.* 平原 *adj.* 樸素的 *adv.* 完全地

I will visit the Great Plain in the USA next year.
明年我會到美國看大平原。

The man has a plain face.
那人相貌平平。

The man is just plain stupid.
那人傻透了。

▪ **maize** *n.* 玉蜀黍 *adj.* 玉米色的
Farmers produce huge amount of maize every year.
農夫每年生產大量的玉蜀黍。

Could you pack the maize coat for me?
麻煩您幫我那件玉米色外套打包？

▪ **hair** *n.* 頭髮
She has a curly hair.
她有一頭捲髮。

▪ **brain** *n.* 頭腦；智囊
John is the brain of this company.
強是這個公司的智囊。

隨堂測驗

❶ 重組字

a n r i d ____________

❷ 請寫出 KK 音標 [bren] 的英文字 ____________

❸ 請圈出發音相同的字

brain　　wade　　name　　hat

❹ 連連看

rain

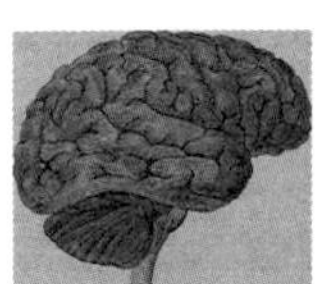

brain

hair

Unit 05 ar [ɑr]

MP3 05

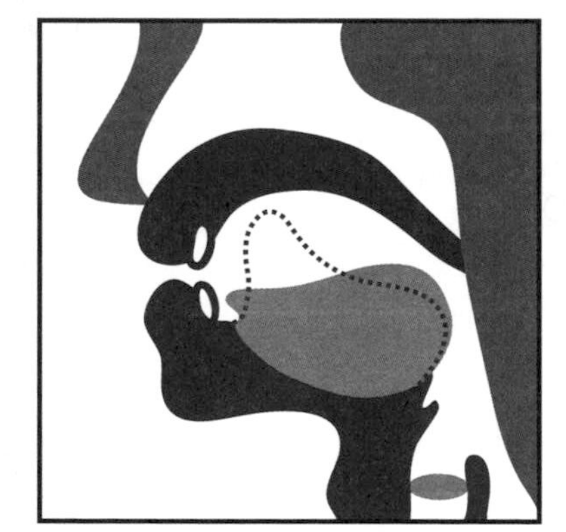

嘴型	**舌頭**
嘴型張開，雙唇呈圓形。	舌尖捲起，嘴巴張大。

發音要訣

母音 a 和 r 的組合，我們在前面提過，置放在字的中間（大部分）及部分字尾，發音為 [ɑr]。這個發音結合 [ɑ] 及 [r] 的發音，發音為ㄚ、ㄦ，KK 音標為 [ɑr]。[ɑ] 是 KK 音標中，舌頭擺放位置最低的一個音，嘴型張開，雙唇呈圓形，ㄚ、發聲後緊跟著捲舌發ㄦ的音。置放在字的後面，發音為ㄦ，KK 音標為 [ɚ]。舌尖捲起，嘴巴張大一點，嘴唇往外微張，發ㄦ。

Vocabulary 補給

- **hard** *adj.* 硬的；努力的 *adv.* 努力地

  Ken is not a hard worker.
  肯不是個認真工作的人。

  He worked very hard.
  他過去很努力。

- **bark** *n.* 樹皮；吠叫聲；三桅帆船 *v.* 吠叫

  The medicine is extracted from bark.
  那要是從樹皮萃取出來的。

  The dog barks at the strangers.
  那隻狗對著陌生人吠叫。

- **star** *n.* 星；恆星 *v.* 主演 *adj.* 星形的

  There are millions of stars in the sky at night.
  晚上天空有幾千萬個星斗。

The movie is started by Brad Pitt.
這電影是布萊德彼特主演的。

These star cookies are made by kids.
這些星星餅乾是孩子們做的。

- **agar** *n.* 洋菜
  They use agar to make delicious jelly.
  他們使用洋菜製作好吃的果凍。

- **beggar** *n.* 乞丐 *v.* 使貧窮
  The beggar begs for food on the bridge.
  那個乞丐在橋上乞討食物。

  Mary was beggared by her luxury living style.
  她因為她的奢華生活而變窮。

- **reticular** *adj.* 網狀的
  There are plenty of reticular cells in our eyes.
  我們的眼睛裡有很多的網狀細胞。

隨堂測驗

❶ 選出發音相同的字

bark (A) horse (B) beggar (C) star (D) teacher

❷ 請寫出 beggar 的音標 [ ]

❸ Mary was beggared by her luxury living style. 請問句中的 beggar 是甚麼詞？

(A) 名詞 (B) 動詞 (C) 形容詞 (D) 副詞

❹ 請重組 earltuirc ____________

Unit 06 au/aw [ɔ] MP3 06

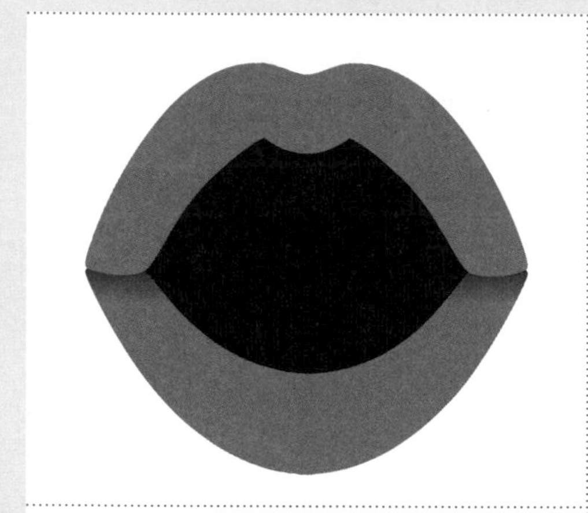	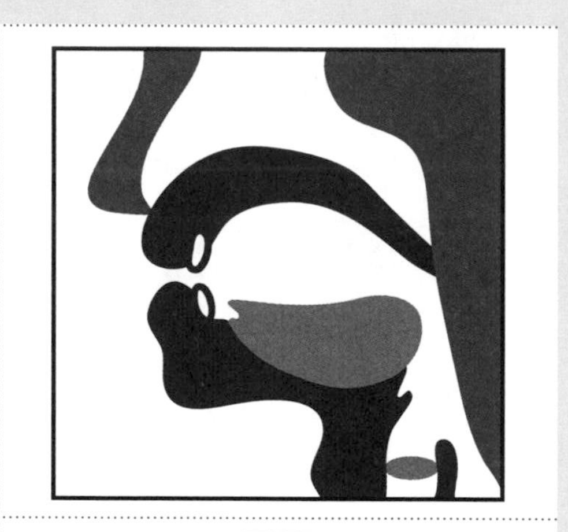
嘴型 嘴呈半圓形。	**舌頭** 舌位略向後縮。

發音要訣

[ɔ] 的音，舌位略向後縮，發音腔放鬆，嘴呈半圓形，微向前凸出。

Vocabulary 補給

- **August** *n.* 八月

  Moon Festival is in August.

  中秋節在八月。

- **autumn** *n.* 秋天 *adj.* 秋天的

  The weather is cool in autumn.

  秋天的氣候涼爽。

  The crops harvest on autumn equinox.

  作物在秋分時收成。

- **pause** *n.* 暫停 *adj.* 中斷

  The speaker continued after a brief pause.

  簡短的停頓後，那位講者繼續演講。

  Maggie paused before giving her a promise.

  梅姬在給她承諾前停頓了一下。

- **law** *n.* 法律

  We should not breach the law.

  我們不應違法。

- **draw** *n.* 抽籤 *v.* 繪圖

  Put your ticket in the lucky draw.
  把你的票放進幸運抽獎。

  Allen draws a picture.
  艾倫畫了一幅畫。

- **lawn** *n.* 草坪

  The lawn has been mowed.
  草地已經被修剪了。

隨堂測驗

❶ 請拼出漏掉的字 ______________ g ____ st

❷ 請找出以上的六個單字

b	d	y	k	d	a
l	e	i	b	e	u
a	u	g	u	s	t
w	f	q	z	u	u
l	a	w	n	a	m
c	v	r	h	p	n
w	k	m	d	v	q

❸ 請填上單字 The crops harvest on ______________ equinox.

❹ 連連看，找出字的正確音標

pause　　['ɔgəst]

august　　[drɔ]

draw　　[pɔs]

Unit 07 ay [e] MP3 07

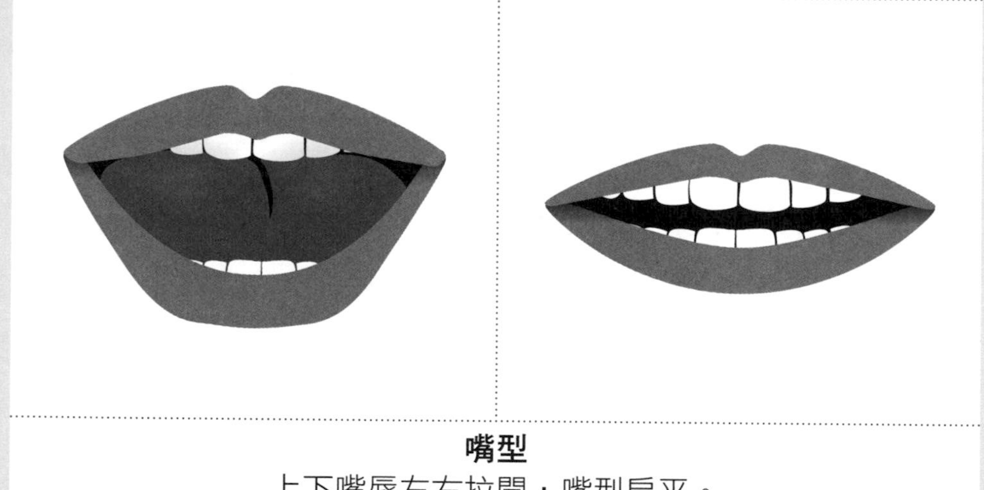

嘴型

上下嘴唇左右拉開，嘴型扁平。

發音要訣

母音 a 的長母音，發音ㄟ、一，KK 音標為 [e]，雖被歸類為單母音，但是發出來的音是兩個音。嘴型微張，先發出 [ɛ]，再發 [i]。發音腔肌肉放鬆，先張，後縮，發ㄟ、一。

Vocabulary 補給

▪ **lay** *v.* 下蛋；躺臥

The hen lays an egg a day.

那隻母雞一天下一顆蛋。

▪ **play** *n.* 遊戲 *v.* 玩耍

All work and no play makes Jack a dull boy.

只遊戲不玩耍，聰明的孩子也變傻。

Every child likes to play basketball.

每個孩子都喜歡玩籃球。

▪ **hay** *n.* 乾草 *v.* 割草曬乾

Make hay while the sun shines.

趁有陽光照耀時弄好乾草（意喻「打鐵趁熱」）。

The farmer hays during summer time.

那農夫在夏天割草曬乾。

▪ **clay** *n.* 黏土

This pot is made of clay.

這個壺是黏土做成的。

▪ **tray** *n.* 托盤

There are plenty of candies on the tray.

在托盤上有一堆糖果。

▪ **may** *aux.* 可能

It may rain tomorrow.

明天可能會下雨。

隨堂測驗

❶ 選出不同音字

hay　　boy　　clay　　tray

❷ 連連看

tray

hay

lay

❸ 請選出正確字

All work and no ____________ makes Jack a dull boy.

(A) clay　(B) hay　(C) play　(D) tray

❹ 請寫出 kk 音標為 [tre] 的字 ____________

Unit 08 b [b] MP3 08

	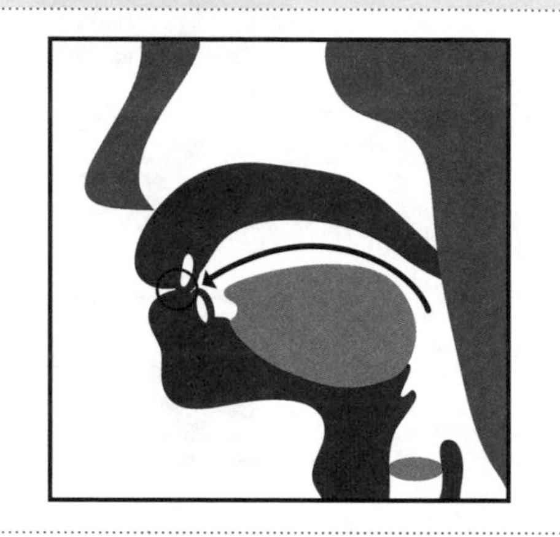
	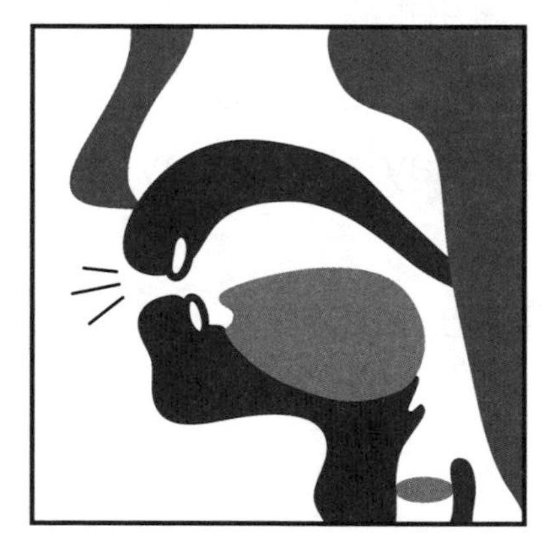
嘴型 嘴唇緊閉，後微張。	**舌頭** 舌頭平放。

發音要訣

子音的第一個字母 b，發音ㄅㄜˋ，KK 音標為 [b]。發這個音，先將嘴唇閉起來，使氣流完全堵住在雙唇後，然後迅速張嘴，讓氣流送出，發音振動聲帶，不送出氣流，發聲ㄅㄜˋ。

Vocabulary 補給

▪ **ball** *n.* 球 *v.* 呈球形

They kick a ball at the football field.
他們在那個足球場踢球。

She balls the thread.
她把線捲成球形。

▪ **boy** *n.* 男孩

That little boy is very thirsty.
那個小男孩很渴。

▪ **baby** *n.* 嬰兒 *v.* 驕縱 *adj.* 嬰兒的

The baby is in a cradle.
那嬰兒在搖籃內。

Ken is babied by his parents.
肯被父母寵愛著。

Do you need a baby cradle in your room?
你需要在你的房內放一架嬰兒搖籃嗎？

▪ **mob** *n.* 暴民；烏合之眾 *v.* 聚眾滋事

John is the head of a mob group.

強是一個暴民組織的首領。

Jaline was mobbed by her fans.

潔琳遭到她的粉絲襲擊。

▪ **bend** *n.* 彎；曲 *v.* 折彎

There is a bend in the road near the bridge.

在橋附近有一個轉彎。

She bends her waist to pick up a stick.

她彎下腰撿棍子。

▪ **knob** *n.* 球形突出物

Please wipe the door knob clean.

請將門把擦乾淨。

❶ 找出不同音

mob　　bend　　thumb　　baby

❷ 請選出發音相同的字

mob　(A) comb　(B) knob　(C) dog　(D) good

❸ Do you need a baby cradle in your room? 請問 baby 的詞性為何？

(A) 名詞　(B) 動詞　(C) 形容詞　(D) 副詞

❹ Jaline was

(A) mobbed　(B) knob　(C) bended　by her fans.

Unit 09 c / ck / k [k] MP3 09

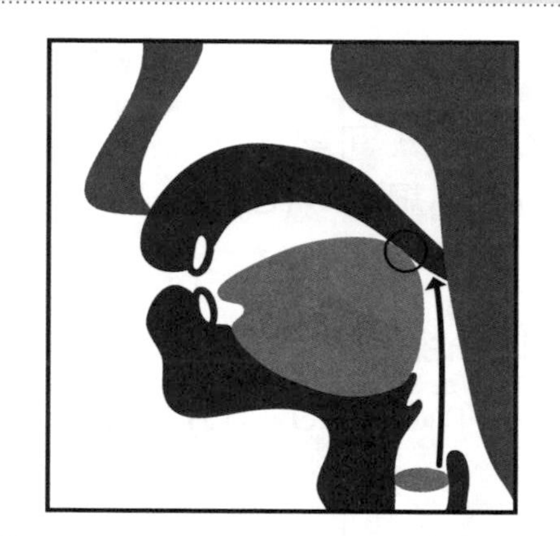

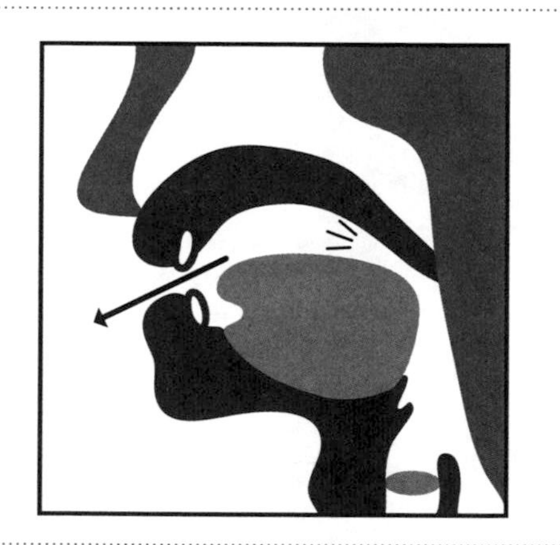

嘴型	舌頭
嘴唇微張。	舌根部位頂住嘴巴上部，再迅速放下舌頭。

發音要訣

子音 c 有兩發音。第一個發音為ㄎㄜˋ，KK 音標為 [k]。兩個子音 ck 的組合，以及子音 k，也發音為 [k]。發這個音，首先將舌根部位頂住嘴巴上部，將氣流堵住，然後迅速放下舌頭，讓氣流衝出。發這個聲，不振動聲帶，明顯感受到送氣。

Vocabulary 補給

- **coke** *n.* 可樂

  Please buy six cans of coke for me from the supermarket.

  請到超市幫我買六罐可樂。

- **cat** *n.* 貓

  A cat is lying under a car.

  一隻貓正躺在汽車下面。

- **clock** *n.* 時鐘 *v.* 為……計時

  Hurry up! The clock is ticking.

  快一點，時間滴答在響了！

  They clock for the jockey.

  他們為那騎馬的騎士計時。

- **dock** *n.* 碼頭 *v.* 入船塢

  The boat is tightened up at the dock.

  一艘船被綁在碼頭。

  The captain docked the oil tanker.

  船長將油輪開進船塢。

- **look** *n.* 看 *v.* 撇見

Let's have a look at this book again!
讓我們再看看這一本書。

I am looking for a book called "The Lord of the Rings".
我在找一本書叫《魔戒》。

- **key** *n.* 鑰匙；關鍵 *v.* 鎖上 *adj.* 關鍵的

This is the key to success.
這是成功的關鍵。

The locksmith keys the door.
那個鎖匠為那扇門上鎖。

Strength is the key factor to success.
實力是成功的關鍵因素。

❶ 選出不同音字（複選）

clock (A) cat (B) church (C) dock (D) city

❷ 請重組英文字 olcck ____________

❸ 填字遊戲

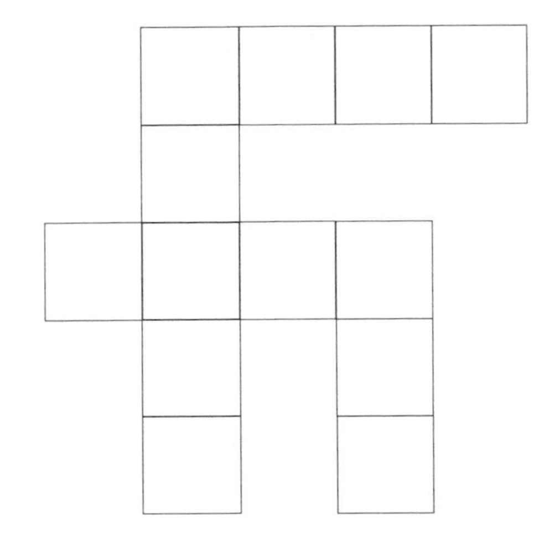

❹ 請寫出 look 的 KK 音標 [ ]

Unit 10 c [s] MP3 10

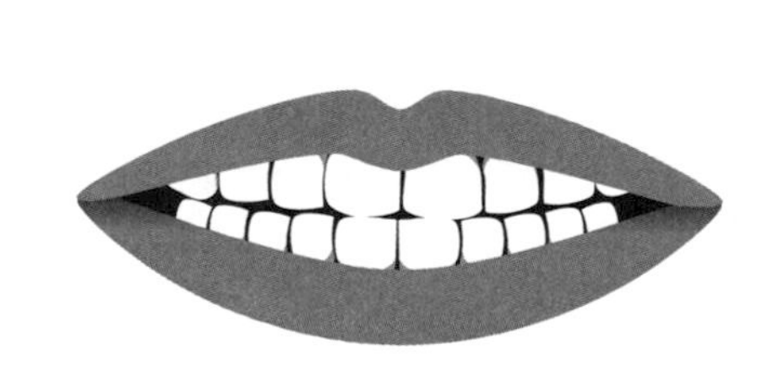	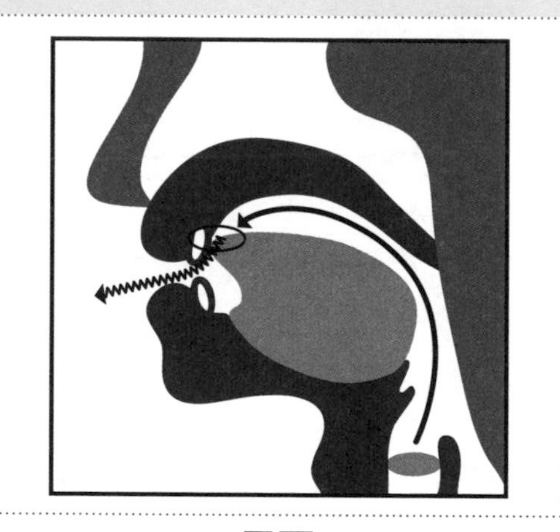
嘴型 上下嘴唇左右拉開， 上下排牙齒咬合。	**舌頭** 舌頭放在上下牙齒後方， 不要頂住。

發音要訣

子音 c 有兩發音。第二個發音為ㄙˋ，KK 音標為 [s]。在英文字組合中，當 c 的後面字母為 i, e, y 時，c 就發為輕聲 [s]。（記憶訣竅：當 c 加上 i, e, y 時就「死」定了。）舌頭放在上下牙齒後方，不要頂住，用力送氣，空氣隨氣流送出，產生聲效。發此音不振動聲帶。

Vocabulary 補給

- **city** *n.* 城市 *adj.* 都會的

  Cindy comes from a big city.
  辛蒂來自大城市。

  The city hall is in downtown.
  市政廳是在市中心區。

- **bicycle** *n.* 腳踏車 *v.* 騎腳踏車

  Monroe rides a bicycle to school every day.
  門羅每天騎腳踏車上學。

  Monroe bicycled to school yesterday.
  門羅昨天騎腳踏車上學。

- **cite** *v.* 引用；舉證

  This sentence is cited from the President of the USA.
  這個句子引用自美國總統。

- **niece** *n.* 姪女
  My niece is five years old.
  我的姪女五歲。

- **accept** *v.* 接受
  I accept his gift.
  我接受他的禮物。

- **Nancy** *n.* 南西（人名）
  Nancy is a pretty girl.
  南西是個美麗的女孩。

隨堂測驗

❶ 請重組字 ycebilc ____________

❷ 請寫出 KK 音標 [æk'sɛpt] 的英文字 ____________

❸ 找出畫底線字的 KK 音標

niece (A) [s] (B) [c] (C) [k]

❹ 請找出以上的六個單字

c	b	s	q	N	a	n	c	y
v	n	i	e	c	e	p	h	d
b	k	a	c	i	t	e	f	s
n	j	e	w	y	o	l	g	d
m	p	y	t	i	c	k	x	a
t	h	d	e	t	i	l	z	v
l	g	f	r	y	u	j	e	c

Unit 11 ch [tʃ] 或 [k] MP3 11

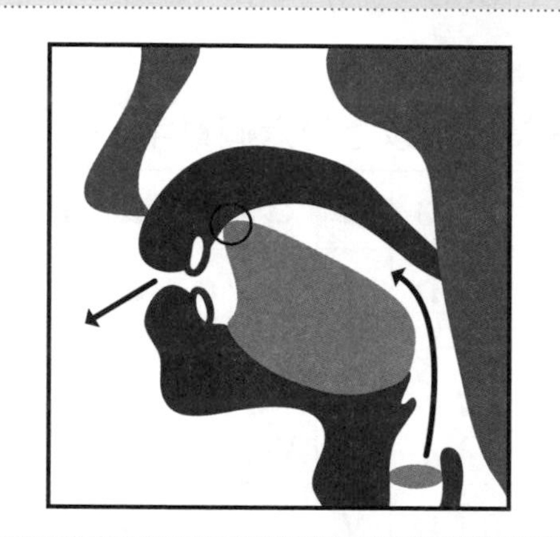

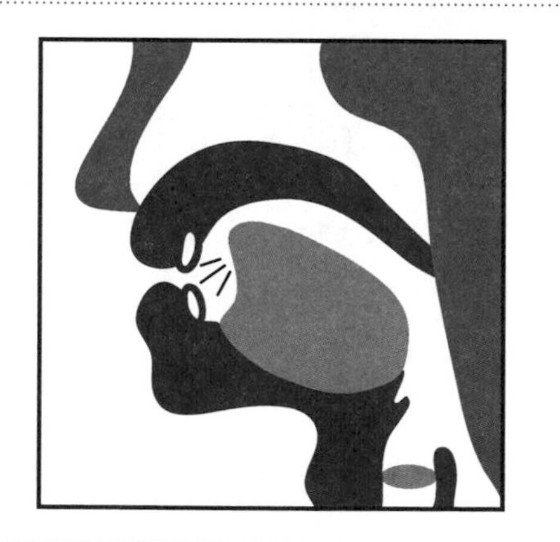

嘴型	**舌頭**
嘴唇縮小呈圓形。	舌根部位頂住嘴巴上部。

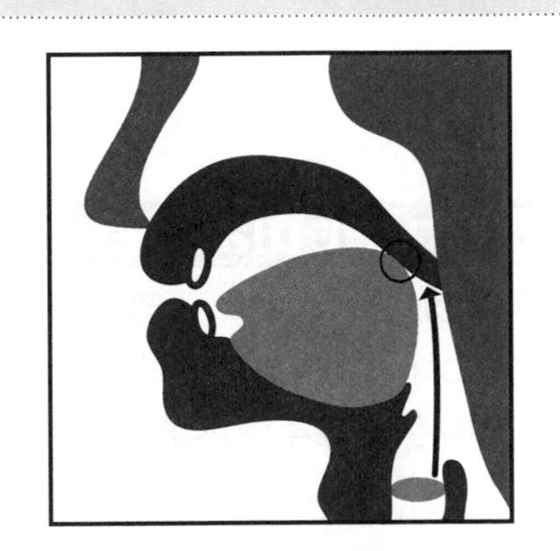

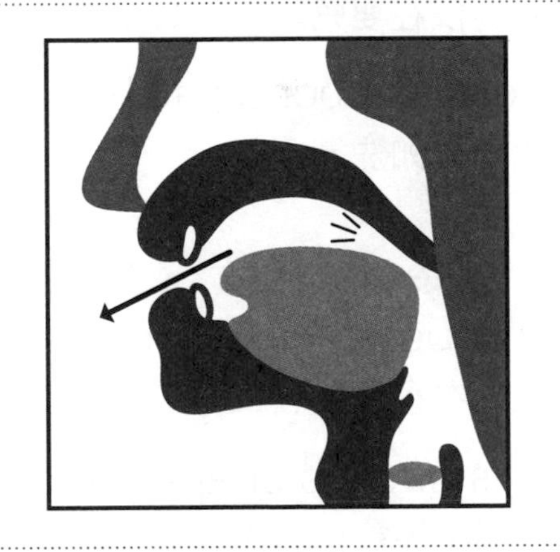

嘴型	**舌頭**
嘴唇微張。	舌根部位頂住嘴巴上部， 再迅速放下舌頭。

發音要訣

子音組合音 ch，發音為ㄑㄩˋ，KK 音標為 [tʃ]。通常擺在字首或字尾，發音為ㄑㄩˋ。舌頭放在上牙齒上方，讓氣流流出，發這個音不振動聲帶，但要送氣。當 ch 放中間，多發音為ㄎㄜˋ，KK 音標為 [k]。發這個音，首先將舌根部位頂住嘴巴上部，將氣流堵住，然後迅速放下舌頭，讓氣流衝出。發這個聲，不振動聲帶，明顯感受到送氣。

Vocabulary 補給

▪ **church** *n.* 教會 *v.* 到教會接受宗教儀式 *adj.* 教堂的

The church was built five years ago.
這個教堂是五年前建造的。

The boy was churched when he was an infant.
那男孩在嬰兒時期就接受教會的宗教儀式。

He is as poor as a church mouse.
他一貧如洗。

▪ **chapter** *n.* 章節 *v.* 分章回

This book has six chapters.
這一本書有六個章節。

This novel is chaptered by its author.
這部小說被它的作者分幾個章節。

- **chocolate** *n.* 巧克力 *adj.* 有巧克力口味的

  You cannot feed the dog with chocolate.

  你不能用巧克力餵狗。

  The chocolate fudge is too sweet.

  那巧克力軟糖太甜。

- **child** *n.* 小孩

  A child is running in the rain.

  那個小孩在雨中跑。

- **psychology** *n.* 心理學

  Kevin is major in psychology.

  凱文主修心理學。

隨堂測驗

❶ 請根據 KK 音標，拼出原字 ['tʃæptɚ] 原字為 ____________

❷ 找出發音不同字

(A) Psychology (B) chocolate (C) chapter (D) church

Unit 12 d [d]

MP3 12

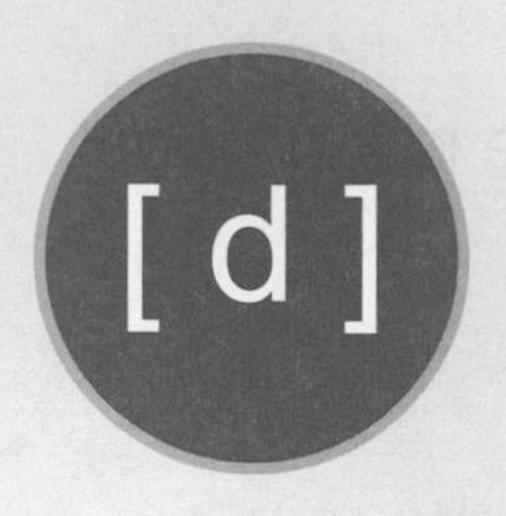

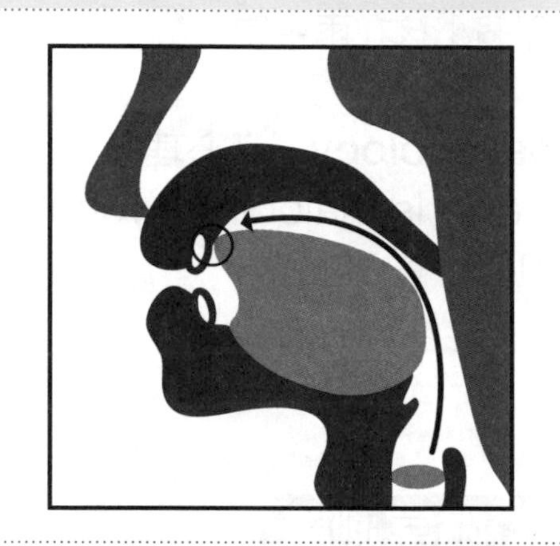

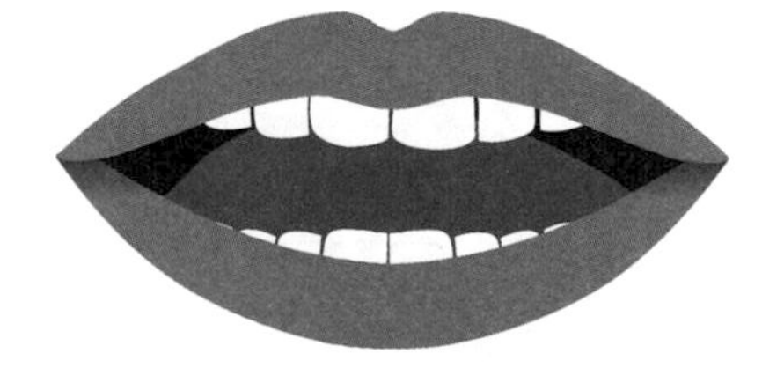

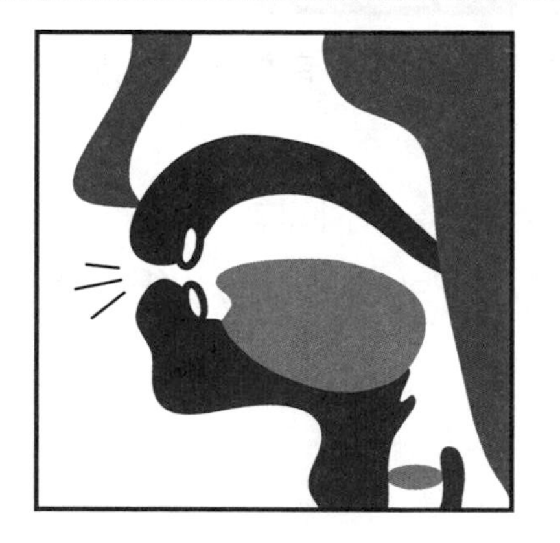

嘴型 嘴唇微張。	**舌頭** 舌頭頂在上排牙齒， 後迅速將舌頭放下。

發音要訣

子音 d 的發音為ㄉㄜ˙，KK 音標為 [d]。發這個音，首先將舌頭頂在上排牙齒，將氣流堵住，然後迅速將舌頭放下，將氣流衝出，震動聲帶，產生爆破聲音ㄉㄜ˙。

Vocabulary 補給

▪ **dog** *n.* 狗

The dog is adopted.

那隻狗被收養了。

▪ **good** *n.* 好處 *adj.* 好的

The bank is to the good this year.

那家銀行今年有盈餘。

We are good friends.

我們是好朋友。

▪ **bird** *n.* 鳥

An eagle is a bird.

老鷹是一種鳥。

▪ **sound** *n.* 聲音 *v.* 發聲 *adj.* 健全的

Her voice is like the sound of heaven.

她的聲音宛如天堂的聲音。

Her plan sounds good.

她的計劃聽起來很棒。

Jack made a sound plan.
捷克做了一個很健全的計畫。

▪ **drink** *n.* 飲料 *v.* 喝

Do you like to have another drink?
妳要再來一杯飲料嗎？

He drinks a can of beer before driving.
他在開車前喝了一杯啤酒。

▪ **dive** *n.* 潛水 *v.* 跳水

The birthrate headed into a dive.
出生率不斷的下降。

I dived into water to pick up the ring.
我潛入水中去撿那個戒指。

隨堂測驗

❶ 選出相同發音

good　(A) dive　(B) bob　(C) thumb　(D) bird

❷ Her voice is like the ____________ of heaven.

(A) drink　(B) dog　(C) sound　(D) dive

❸ 請寫出 sound 的 KK 音標　[　　　]

❹ 連連看

dive　　[b]

comb　　[d]

baby　　x

Unit 13 dge [dʒ]

MP3 13

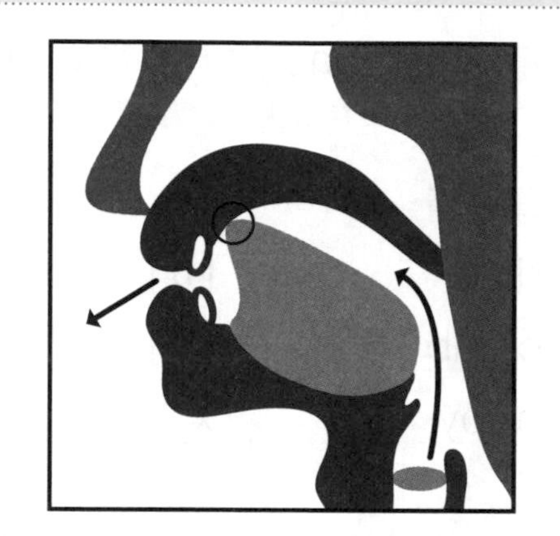

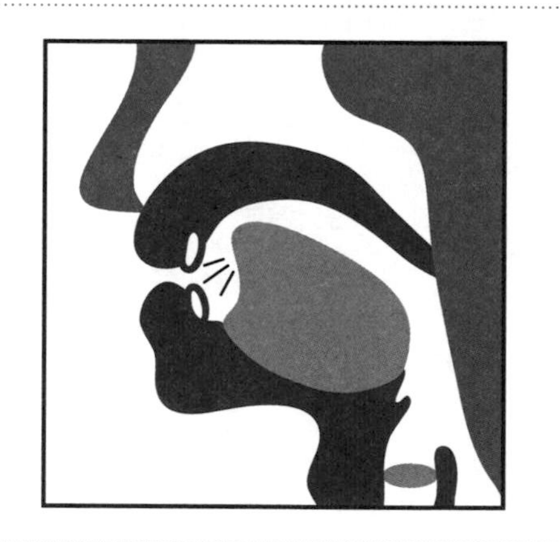

嘴型 雙唇噘起，上下唇小張開。	**舌頭** 舌頭放在上牙齒上方， 讓氣流流出。

發音要訣

組合音 dge，發音為ㄐㄩˋ，KK 音標為 [dʒ]。舌頭放在上牙齒上方，讓氣流流出，發這個音要輕輕振動聲帶。

Vocabulary 補給

- **edge** *n.* 邊緣 *v.* 使鋒利

  The house is built on the edge of the cliff.
  那房子被建在峭壁邊緣。

  The blacksmith edged the knife.
  那鐵匠將刀磨利。

- **bridge** *n.* 橋梁 *v.* 架橋於

  Two cars collide with each other on the bridge.
  兩台車在橋上相撞。

  The arbitrator bridges the two parties.
  那位仲裁者連結兩方。

- **fudge** *n.* 乳脂軟糖 *v.* 欺騙；捏造

  The whiskey fudge tastes yummy.
  那威士忌軟糖很好吃。

  The boy fudges his test result.
  那男孩捏造他的考試結果。

- **fridge** *v.* 電冰箱

  Put the pudding to the fridge.
  把布丁放到冰箱。

- **badge** *n.* 徽章 *v.* 授予徽章

Andy designs school badges.
安迪設計學校徽章。

The soldier was badged with honor.
那位士兵因榮耀被授予徽章。

- **hedge** *n.* 籬笆 *v.* 用樹籬笆圍住

The dog runs across the hedge.
那隻狗跳過籬笆。

The farmer hedges his orchard.
那農夫用樹籬笆圍住他的果園。

❶ 找出不同發音的字

(A) fudge　(B) hedge　(C) hide　(D) edge

❷ 找出 fridge 正確的 KK 音標

(A) [d]　(B) [b]　(C) [dʒ]　(D) [g]

❸ 請重組英文字 ifregd ____________

❹ 連連看，找出正確的 KK 音標

badge	[hɛdʒ]
edge	[bædʒ]
hedge	[ɛdʒ]

Unit 14 e [ɛ]

MP3 14

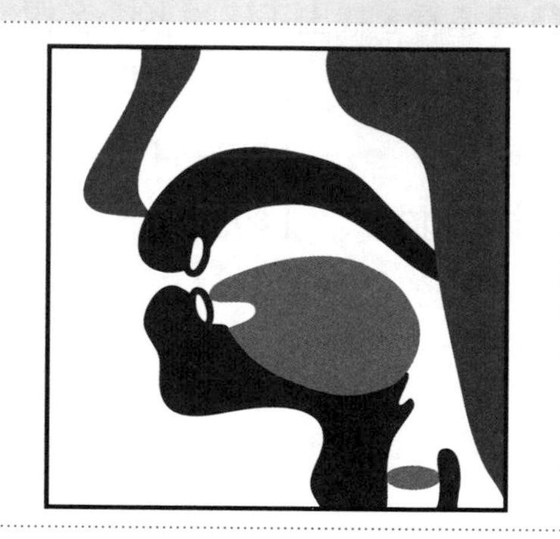

嘴型	**舌頭**
嘴唇微張。	舌頭放鬆，擺嘴巴中間。

發音要訣

母音 e 的短母音，發音為ㄟˋ，KK 音標為 [ɛ]。舌頭放鬆擺放嘴巴的中間，嘴型稍微向外張開，發ㄟˋ。

Vocabulary 補給

- **egg** *n.* 雞蛋

  Don't count the chicken before the eggs are hatched.

  不要在雞蛋未孵出前先算有幾隻雞（勿打如意算盤）。

- **elf** *n.* 小精靈

  The elf is created in fairy tale.

  這個精靈是神話故事杜撰的。

- **red** *n.* 紅色 *adj.* 紅的

  The girl in red is talking to my dad.

  那位穿紅衣的女孩正在跟我爸爸說話。

  This pair of red socks suits her.

  這雙紅襪子很適合她。

- **bed** *n.* 床 *v.* 為……提供床鋪

  Children should go to bed earlier.

  孩子應該早一點上床。

  Hans bedded down for his cat.

  漢斯為他的貓提供床鋪。

▪ **yes** *n.* 是 *v.* 贊成

Yes, she is my mother.
是的，她是我媽媽。

Parents always say yes to their children.
父母總是對他們的孩子說好。

▪ **men** *n.* 人；男人

No men are standing there.
沒有人站在那裏

❶ 找出不同音

men　　bed　　key　　red

❷ 選出相同發音的字

bed　(A) man　(B) elf　(C) rode　(D) fade

❸ Children should go to ____________ earlier.

❹ 找出六個相關字

q	w	e	r	y	t
y	g	u	r	e	d
i	o	g	b	s	p
a	s	n	e	m	d
f	g	l	d	h	j
k	f	l	z	x	c

Unit 15 ea / ee / e_e [i]

MP3 15

	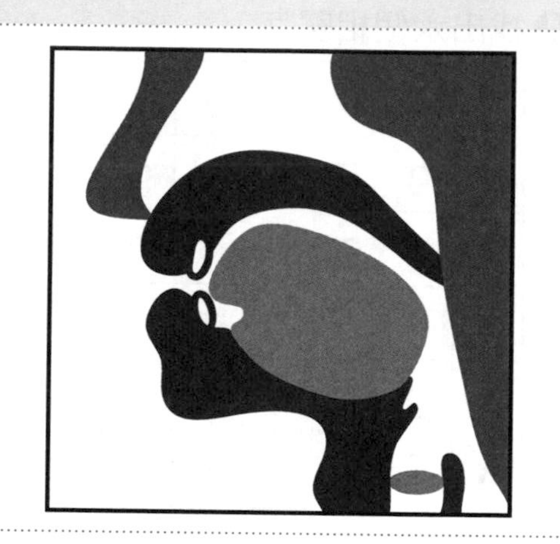
嘴型 雙脣左右拉開，呈扁平嘴型。	**舌頭** 舌位較高。

發音要訣

母音組合 ea、ee 及 e_e，發音為長母音的一丶，KK 音標為 [i]。舌位較高，發音腔肌肉拉緊，下巴微降，雙唇左右拉開，拉成扁平嘴型，發一丶。

Vocabulary 補給

- **eat** *v.* 吃，喝
  Do you eat that cake?
  你吃了那個蛋糕嗎？

- **heat** *n.* 熱氣 *v.* 加熱
  The sun gives off the heat.
  太陽散發出熱。

  Please heat up the dish.
  請將這盤菜加熱。

- **week** *n.* 週，星期
  Are you available this week?
  你這星期有空嗎？

- **tree** *n.* 樹木
  There are birds in the tree.
  樹上有很多小鳥。

- **eve** *n.* 前夕
  My family gather together on New Year's Eve.
  我的家人在除夕時團圓。

▪ **gene** *n.* 基因

Human gene has been decoded.

人類基因已經解碼了。

隨堂測驗

❶ 選出發音不同的字

heat (A) eve (B) tree (C) like (D) week

❷ 連連看

tree

eve

eat

❸ The sun gives off the heat. 請問 heat 的詞性是

(A) 名詞　(B) 動詞　(C) 形容詞　(D) 副詞

❹ 請寫出 gene 的 KK 音標 [　　　]

Unit 16 er [ɚ] MP3 16

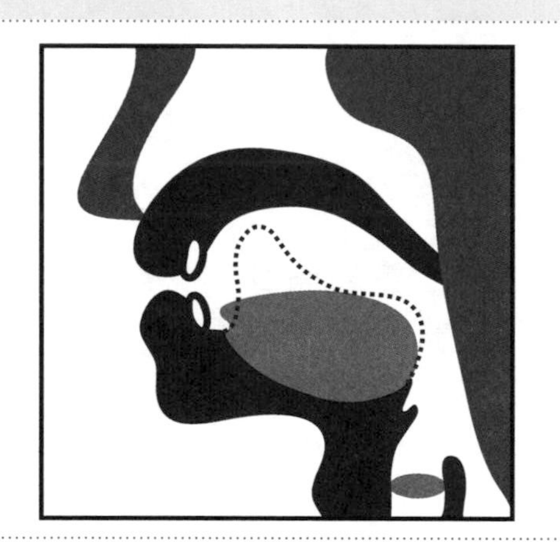

嘴型	舌頭
嘴唇往外微張。	舌尖捲起。

發音要訣

母音 e 和 r 的混合搭配音，發音ㄦ，KK 音標為 [ɚ]。舌尖捲起，嘴巴張大一點，嘴唇往外微張，發ㄦ。

Vocabulary 補給

- **singer** *n.* 歌手
  The singer won a hearty ovation.
  那位歌手獲得熱烈的掌聲。

- **waiter** *n.* 侍應生
  The waiter is very kind.
  那位侍應生很和善。

- **cooker** *n.* 廚具
  I bought a cooker for my mum.
  我買了一個廚具送媽媽。

- **sister** *n.* 姊妹 *v.* 姊妹似的對待 *adj.* 姊妹關係的
  How many sisters do you have?
  你有多少姊妹？

  May sisters the poor Amy.
  梅姊妹似的對待貧窮的愛咪。

  These two elementary schools are sister schools.
  這兩所小學是姊妹校。

- **mother** *n.* 母親 *v.* 像母親一般的照顧

  My stepmother is very nice.
  我的繼母很好。

  Jaline mothers the puppies very carefully.
  杰琳像母親一般的非常小心的照顧小狗。

- **teacher** *n.* 老師

  My English teacher helped me a lot.
  我的英文老師幫了我很多忙。

隨堂測驗

❶ 找出發音不同字

teacher　beggar　visitor　waiter　hard

❷ 字謎

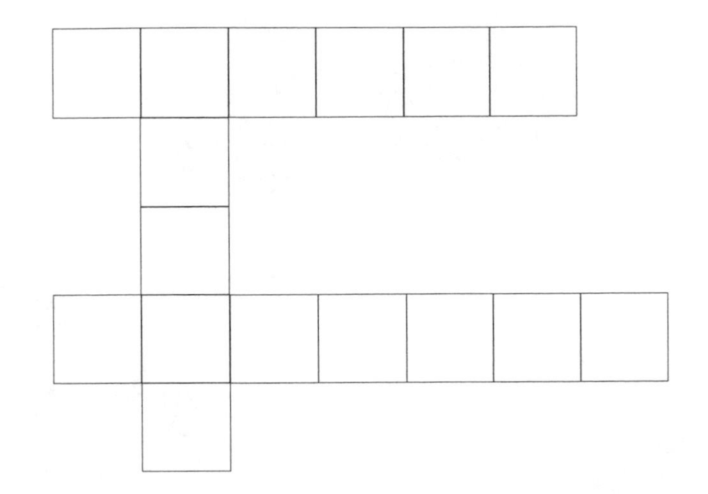

❸ 請填入空白處 t_ _ c _ e _

❹ The ____________ won a hearty ovation.

PART 1

PART 2

PART 3

附錄

Unit 17 ew [u] / [ju]

MP3 17

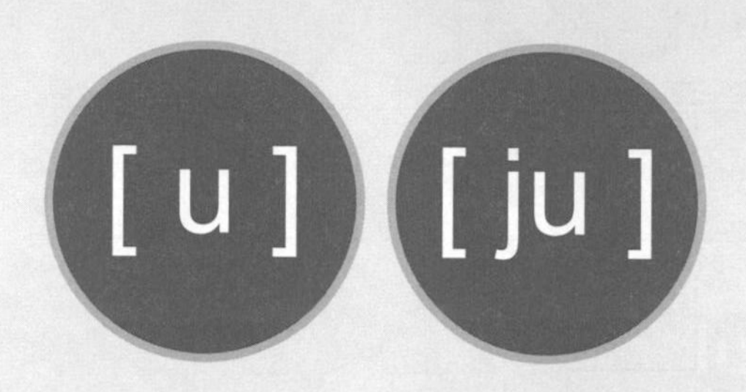

	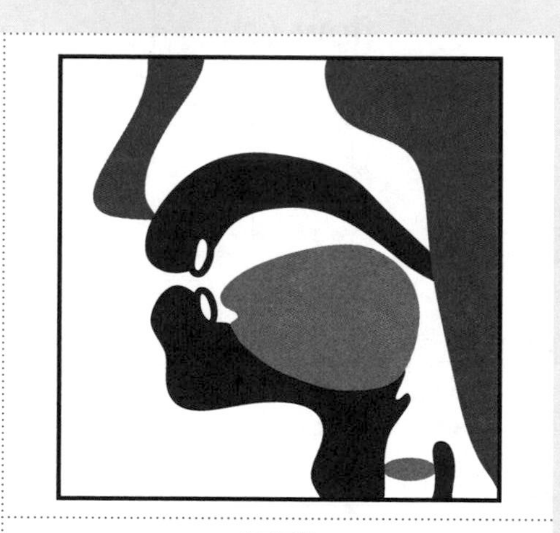
嘴型 嘴唇往外嘟起。	**舌頭** 舌頭略抬高。

發音要訣

組合音 ew，發音為ㄨˋ，KK 音標為長音的 [u]，發這個音，嘴唇嘟起，比發ㄨ˙的音緊張用力。或發音為一ㄨˋㄩ，KK 音標為 [ju]，這個音要先發 [j] 的音，舌頭略抬高，下巴微張，震動聲帶，緊接著發的音 [u]，嘴唇往外嘟起，震動聲帶。但何時發何音，似乎無規則，請自行查字典喔！

Vocabulary 補給

- **flew** *v.* **flow**（水流）的過去式

  After the celebration ceremony, people flew out of the hall.

  慶典之後，人們魚貫走出會堂。

- **crew** *n.* 全體組員

  The cabin crew are requested to sit during taking off.

  全體機上組員在起飛期間被要求坐下。

- **brew** *n.* 啤酒 *v.* 釀造

  This is the best brew of the year.

  這是今年最好的啤酒。

  Ben brews some tea for his friends.

  班為他的朋友泡一些茶。

- **new** *adj.* 新的

  She bought a pair of new shoes.

  她買了一雙新鞋子。

- **few** *adj.* 很少數的 *pron.* 極少數

  There are few birds in the park.
  公園裡有很少的小鳥。

  Few of his friends like his girlfriend.
  沒有幾個他的朋友喜歡他的女友。

- **dew** *n.* 露水 *v.* 結露水

  The dew on the leaves is beautiful.
  葉子上的露水很美。

  It dews in autumn.
  秋天會結露水。

隨堂測驗

❶ 找出發音不同的字

(A) dew (B) few (C) flew (D) new

❷ The ______________ on the leaves is beautiful.

(A) few (B) dew (C) crew (D) brew

❸ 連連看

flew [flɔ]

dew [dju]

flaw [flu]

❹ There are ______________ birds in the park.

(A) crew (B) dew (C) brew (D) few

Unit 18 f / ph [f] MP3 18

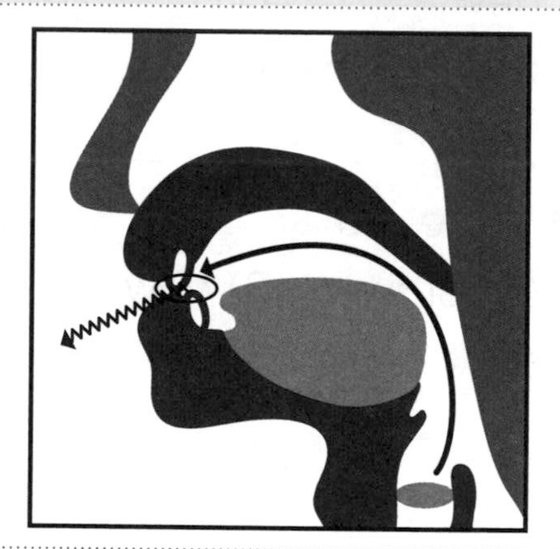

嘴型

嘴型微張，上牙齒輕觸下唇。

發音要訣

子音 f 及子音組合 ph，發音為ㄈㄜ˙，KK 音標為 [f]。發音時，上牙齒輕觸下唇，不將氣流堵住，然後用力吹氣不振動聲帶，吹出聲音，發ㄈㄜ˙。

Vocabulary 補給

- **father** *n.* 父親 *v.* 做……的父親

  Thomas Edison is the father of invention.
  愛迪生是發明之父。

  Andy fathers a son at the age of 30.
  安迪在 30 歲時生下一個兒子。

- **fat** *n.* 脂肪 *v.* 長胖 *adj.* 肥胖的

  French fries are rich in fat.
  薯條含大量脂肪。

  David began to get fat.
  大衛開始變胖。

  The fat woman has a bad temper.
  那個胖女人脾氣很壞。

- **half** *n.* 一半 *adj.* 一半的 *adv.* 部分地

  Let's cut the apple in half.
  讓我們把蘋果分一半吧！

  Half the sugar was put into the coffee.
  咖啡中加入一半的糖。

I like the steak half done.
我喜歡五分熟的牛排。

▪ **phone** *n.* 電話 *v.* 打電話
I talked to Kim on the phone.
我和金講電話。

Please phone Jim tomorrow.
請明天打電話給金。

▪ **photo** *n.* 相片 *v.* 給……拍照
These photos were taken by a famous photographer.
這些照片是一個有名的攝影師拍的。

The photographer photos the model.
那位攝影師為那模特兒拍照。

▪ **elephant** *n.* 大象
I love the elephant.
我喜歡大象。

❶ 請拼出 elephant 的 KK 音標 [ ]

❷ 找出不同發音的字

(A) elephant (B) photo

(C) father (D) light

❸ 請重組英文字 efhatr ________

❹ These ________ were taken by a famous photographer.

Unit 19 g [g]　MP3 19

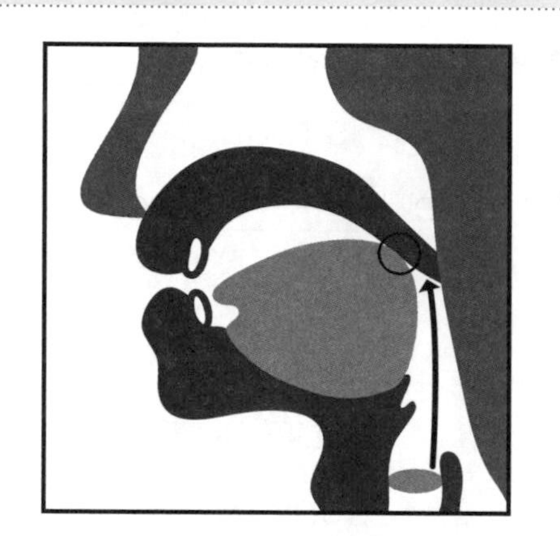

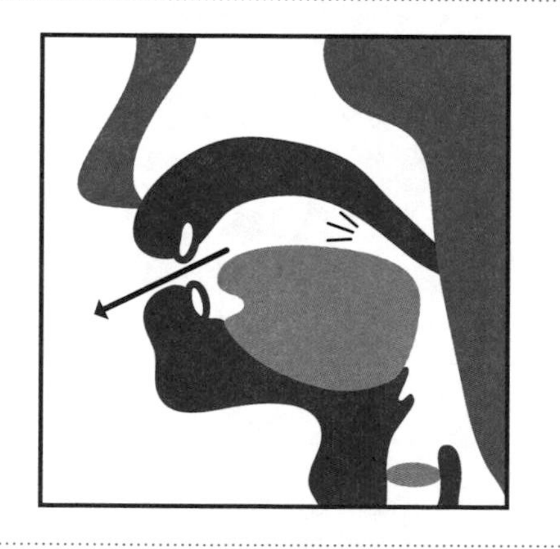

嘴型	**舌頭**
上下唇微張。	舌根頂住嘴巴上部， 後迅速放下舌頭。

發音要訣

子音 g 的發音有兩個，第一個發音為ㄍㄜˋ，KK 音標為 [g]。發這個音，首先將舌根部位頂住嘴巴上部，將氣流堵住，然後迅速放下舌頭，讓氣流衝出，輕輕振動聲帶。

Vocabulary 補給

- **goat** *n.* 山羊

  The goat is roaming on the hill.

  那隻山羊正在山丘上漫步。

- **green** *n.* 綠色 *v.* 使成為綠色 *adj.* 綠的

  I make a dish of green.

  我做了一道蔬菜。

  Fanny greens her house with trees.

  芬妮種樹綠化她的房子。

  She is a real green thumb.

  她是個真正園藝專家。

- **good** *n.* 好處 *adj.* 好的

  The project can make good to the company.

  這個計畫可以為公司帶來利益。

  Edi is a good student.

  艾迪是個好學生。

- **drug** *n.* 藥品 *v.* 吸毒成癮

  He is charged with drug smuggling.
  他被控訴走私毒品。

  Andrew has drugged for 10 years.
  安卓已吸毒成癮十年了。

- **dog** *n.* 狗

  A dog is barking at him.
  一隻狗正對著他吠叫。

- **glove** *n.* 手套 *v.* 給……手套

  She needs a pair of gloves.
  她需要一副手套。

  Julia gloved for the beggars.
  茱莉給那些乞丐手套。

隨堂測驗

❶ 請拼出 KK 音標 [glʌv] 的字 ____________

❷ 找出相同發音字（複選）

glove (A) edge (B) goat (C) gender (D) dog

❸ 連連看

goat

dog

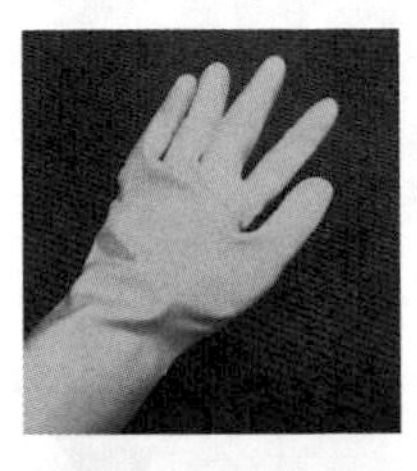

glove

❹ 請選出畫線字的詞性 The project can make <u>good</u> to the company.

(A) 名詞　(B) 動詞　(C) 形容詞　(D) 副詞

Unit 20 g / j [dʒ]

MP3 20

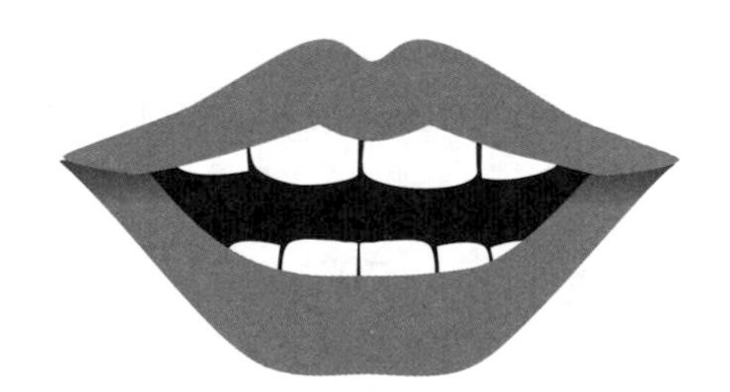

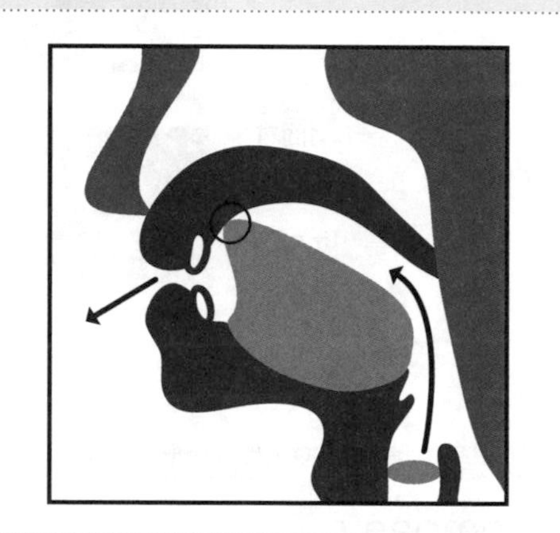

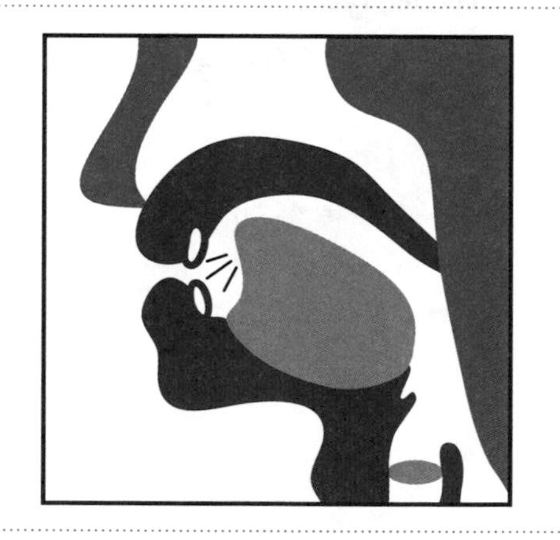

嘴型	舌頭
雙唇噘起，上下唇小張開。	舌頭放在上牙齒上方，讓氣流流出。

發音要訣

子音 g 的第二個發音及子音 j，發音一樣，為ㄐㄩˋ，KK 音標為 [dʒ]。在英文字組合中，當 g 的後面字母為 i, e, y 時，g 就發為輕聲 [dʒ]（此規則與 c 發輕聲 [s] 規則相同）。舌頭放在上牙齒上方，讓氣流流出，發這個音要輕輕振動聲帶。

Vocabulary 補給

- **orange** *n.* 橘子 *adj.* 橙色的
  Winter is the orange harvest season.
  冬天是橘子收成的季節。

  She bought an orange basket.
  她買了一個橘色的籃子。

- **page** *n.* 頁數 *v.* 標頁碼
  Please turn to page ten.
  請翻到第十頁。

  The author was requested to page his manuscript.
  那作者被要求為他的手稿編頁碼。

- **giraffe** *n.* 長頸鹿
  There are lots of giraffes in Africa.
  在非洲有很多長頸鹿。

- **jump** *n.* 跳躍 *v.* 跳過
  A kangaroo jumps over the fence.
  一隻袋鼠跳過籬笆。

- **jelly** *n.* 果凍 *v.* 凝結

Do you like to have some fruit jelly after meal?
你在餐後要來一些水果凍嗎？

The juice was jellied for dessert.
果汁被凝結為果凍做為甜點。

- **juice** *n.* 果汁

I like to have a cup of pineapple juice.
我想要一杯鳳梨汁。

隨堂測驗

❶ 請選出發音相同的字

jelly (A) yellow (B) orange (C) goat (D) my

❷ The fruit j __ __ ly you made is awesome.

❸ 連連看

giraffe [dʒ]
jump [g]
goat [dʒ]

❹ 字謎

Unit 21 gh [f]

MP3 21

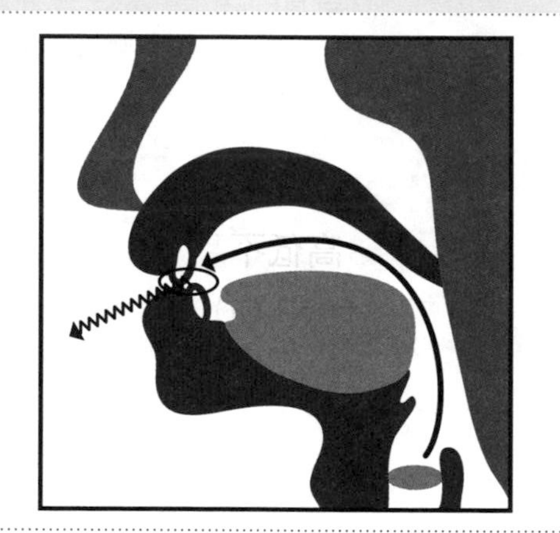

嘴型

嘴型微張，上牙齒輕觸下唇。

發音要訣

子音 gh 組合，發音為ㄈㄨˋ，KK 音標為 [f]。發音時，上牙齒輕觸下唇，不將氣流堵住，然後用力吹氣不振動聲帶，吹出聲音，發ㄈㄨˋ。

Vocabulary 補給

- **laugh** *n.* 笑聲 *v.* 嘲笑

  She gave a hearty laugh when she read the chapter.
  當她讀到這章節，她不由得大笑。

  Harry was laughed at by his classmates.
  海瑞被他的同學嘲笑。

- **rough** *n.* 高低不平地面 *v.* 使不平 *adj.* 粗糙的 *adv.* 粗略地

  She fell down on the rough.
  她跌倒在高低不平地面上。

  The paint is easily roughed.
  這個油漆很容易塗得不平。

  Mark gives a rough idea on this question.
  馬克在這個問題上提出一些粗略的想法。

  Rick treated the dog rough.
  瑞克很粗魯的對待這隻小狗。

- **trough** *n.* 飼料槽

  The dairy farmer put some feedstuff in the trough.
  那酪農放一些飼料在飼料槽內。

- **enough** *n.* 充分 *adj.* 足夠的 *adv.* 充足地

I have enough.
我夠了。

The poor man doesn't have enough money.
那個窮人沒有足夠的錢。

Jack is old enough to handle this matter.
捷克大到足以處理這件事。

- **tough** *adj.* 堅韌的；頑固的

She has a tough neighbor.
她有一個頑固的鄰居。

- **cough** *n.* 咳嗽 *v.* 咳

She had a cough.
她咳嗽。

He coughs a lot because of getting a cold.
他因為感冒咳得很厲害。

隨堂測驗

❶ 找出發音不相同的字

trough (A) tough (B) phone (C) face (D) queen

❷ 重組英文字 hoegun ____________

❸ 請寫出 [kɔf] 的英文字 ____________

❹ The poor man doesn't have ____________ money.

(A) rough (B) trough (C) laugh (D) enough

Unit 22 h [h] MP3 22

嘴型

嘴型微張。

舌頭

舌頭擺放口腔中間。

發音要訣

子音 h，發音ㄏㄜ˙，KK 音標為 [h]。發這個音，感覺像是呼出的氣，聲效來自於氣流通過整個發音腔道產生摩擦，不振動聲帶。

Vocabulary 補給

- **hand** *n.* 手 *v.* 面交
  Can you please give me a hand?
  可以請你幫忙嗎？
  Can you please hand me a glass of water?
  請你傳給我一杯水，好嗎？

- **happy** *adj.* 開心的
  I wish you have a happy birthday.
  祝你生日快樂。

- **how** *adv.* 如何
  How do you do?
  你好嗎？

- **hut** *n.* 小屋 *v.* 住在小屋
  Let's eat at Pizza Hut.
  我們到比薩屋吃吧！
  The troop hutted in the forest.
  那軍隊在森林裡紮營。

- **house** *n.* 房子 *v.* 給房子住

  My grandmother's house has a big garden.

  我外婆家有一個大花園。

  Amy housed for her new pet.

  艾咪給她新寵物安家。

- **ham** *n.* 火腿 *v.* 表演過火了

  I like to make sandwich with ham.

  我喜歡三明治中夾火腿。

  Julia hammed up her role in the show.

  朱莉亞在表演中演得過火了。

❶ 請填上字謎

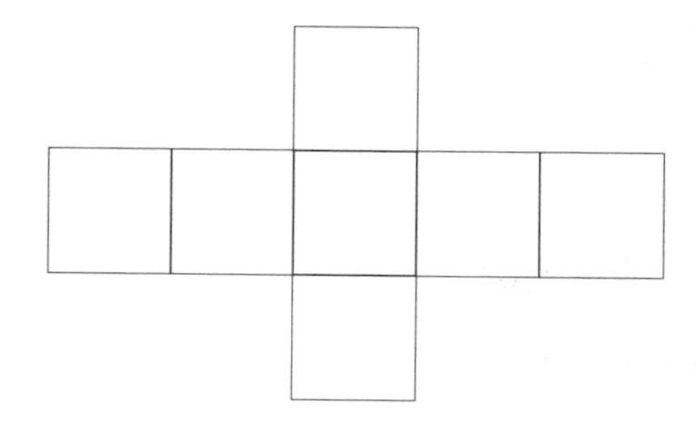

❷ 連連看

happy

hand

house

❸ 請寫出 happy 的 KK 音標 [ ]

❹ 請選出句子 Julia <u>hammed</u> up her role in the show.畫線字的詞性。

(A) 名詞 (B) 動詞 (C) 形容詞 (D) 副詞

Unit 23 i / y [ɪ] MP3 23

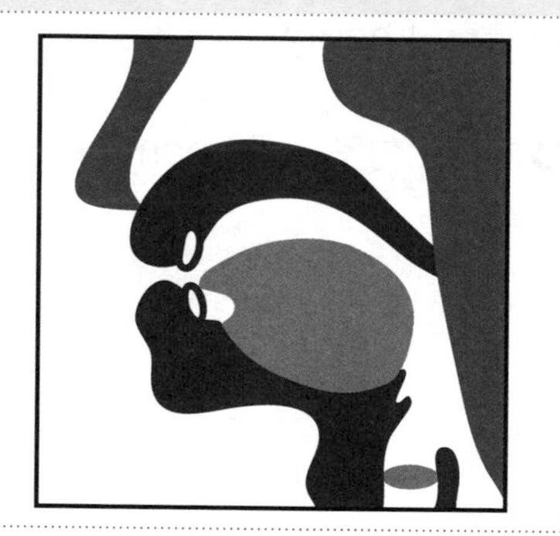

嘴型	**舌頭**
上下嘴唇左右拉開，嘴型扁平。	舌位略向後縮。

發音要訣

母音 i 的短母音以及子音 y 在特定的情形下，發音為一ˋ，KK 音標為 [ɪ]。y 有三種不同的發音，當 y 的位置在四個字母以上組成的英文字字尾時，或是置於字的中間時，發音為一ˋ。這個字的發音與 [i] 相似，嘴型向左右拉開，呈扁平，舌位略向後縮，發 [ɪ]。

Vocabulary 補給

- **six** *n.* 六 *adj.* 六的
  What time is it? It's six.
  現在幾點鐘？六點鐘。
  There are six pens in the pencil box.
  在鉛筆盒中有六支筆。

- **pig** *n.* 豬 *v.* 生小豬
  That little pig is so cute.
  那隻小豬好可愛。
  The sow pigs twelve piglets.
  那隻母豬生了 12 隻小豬。

- **city** *n.* 城市 *adj.* 都市的
  The traffic is heavy in most big cities.
  大部分的大城市交通都很繁忙。
  The live concert will be held in city hall.
  那現場演奏會將在市政廳舉行。

- **busy** *adj.* 忙碌的
  Will you be busy tonight?
  你今晚忙嗎？

- **system** *n.* 系統
  The hot water system in my house is not working.
  我房子內的熱水系統壞了。

- **rainy** *adj.* 下雨的
  People like to stay at home on rainy days.
  人們在下雨天喜歡待家裡。

❶ 請標出 system 的 KK 音標　[　　　　　]

❷ 找出發音不同者

city　　　fix　　　hide　　　busy

❸ The live concert will be held in ____________ hall.

❹ 重組英文字 ariyn ____________

Unit 24 i / y [aI]

MP3 24

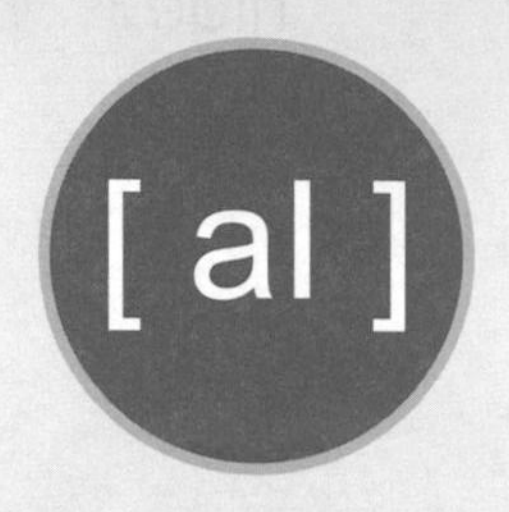

嘴型

上下唇張開。

舌頭

舌頭壓低，再上縮。

發音要訣

母音 i 的長母音以及子音 y 在特定的情形下，發音為ㄞ、一，KK 音標為 [aɪ]。y 有三種不同的發音，當 y 的位置在三個字母以下組成的英文字字尾時，發音為ㄞ、一。這個字的發音，先發ㄞ、，舌頭較低，然後上縮發一˙，發音腔肌肉鬆弛。

Vocabulary 補給

▪ **time** *n.* 時間 *v.* 安排時間

We should always be on time.

我們應該準時。

The show is timed at 9 p.m.

節目被安排在下午九點。

▪ **nine** *n.* 九 *adj.* 九的

I will meet you at nine.

我將在九點跟你碰面。

There are nine rooms in this house.

這間房子有九間房。

▪ **fine** *n.* 好；罰單 *v.* 澄清 *adj.* 美好的 *adv.* 精巧地

I got a parking fine this morning.

我今早停車被罰。

The wine maker fines the wine by filtration.

那位製酒商以過濾精製酒。

How are you? I am fine.
你好嗎？我很好。

The clerk is doing fine at work.
那個雇員工作做得不錯。

- **fly** *n.* 蒼蠅 *v.* 飛行

There are plenty of flies near the orchard.
在果園附近有很多的蒼蠅。

How much I wish I could fly.
我多麼希望我能飛。

- **my** *prep.* 我的

This is my brother.
這是我的哥哥。

- **try** *n.* 努力 *v.* 嘗試

Could you give another try?
你可以再試一次嗎？

I will try again tomorrow.
明天我會再試試。

隨堂測驗

❶ 選出發音相同的字

time (A) high (B) system (C) beauty (D) tin

❷ 請填上字謎

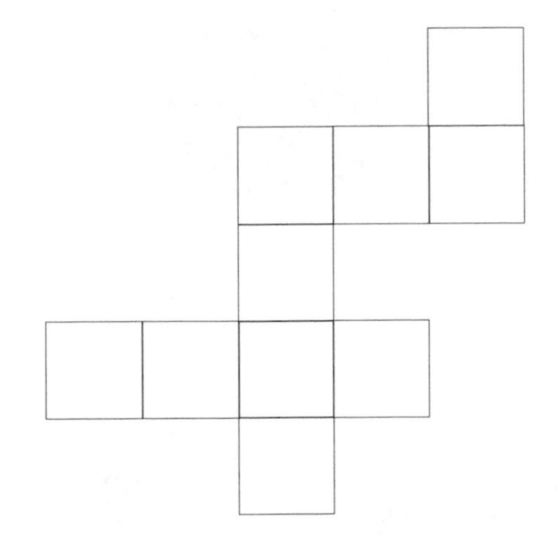

❸ How much I wish I could ____________.

(A) nine (B) fly (C) time (D) fine

❹ 請寫出 nine 的 KK 音標 [ ]

Unit 25 ir / ur [ɝ] MP3 25

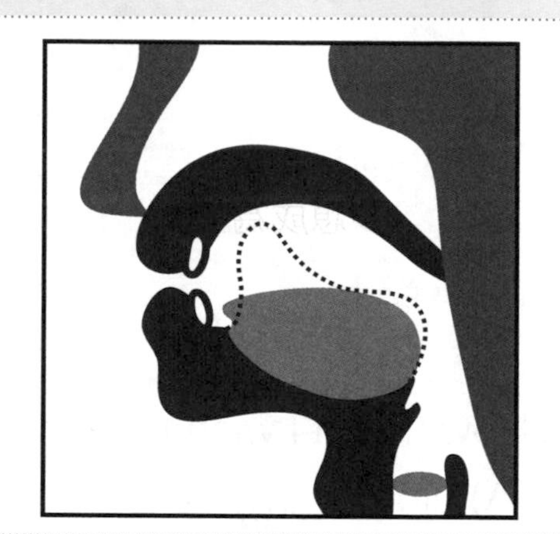

嘴型	**舌頭**
嘴巴向外微張。	舌尖捲起。

發音要訣

母音 i 和 r 及母音 u 和 r 的混合搭配音，發音ㄦ，KK 音標為 [ɝ]。舌尖捲起，嘴巴向外微張，和 [ɚ] 不同，在於發音腔道肌肉較緊張用力。

Vocabulary 補給

- **bird** *n.* 小鳥

  Birds are singing in the tree.

  鳥在樹上唱歌。

- **girl** *n.* 女孩

  Lots of girls dream to be flight attendants.

  很多女孩夢想成為空服人員。

- **dirty** *v.* 變髒 *adj.* 髒的

  Do not dirty the floor.

  不要弄髒地板。

  Could you please wash the dirty dishes?

  請你洗那些髒的盤子好嗎？

- **hurt** *n.* 創傷 *v.* 受傷 *adj.* 受傷的

  It is a real hurt to Gina.

  對吉娜來說那是一個真正的傷害。

  I was hurt in a traffic accident.

  我在車禍中受傷。

There was a hurt look in the mother's eyes.
那個媽媽眼中流露出受傷的眼神。

- **nurse** *n.* 護士 *v.* 照看

The nurse is gentle and sweet.
那個護士既溫柔又甜美。

The baby is nursing in her mother's arms.
那嬰孩在媽媽的懷中照料。

- **purse** *n.* 皮包

That is Jenny's purse.
這是珍妮的皮包。

❶ 請找出 KK 音標 [pɝs] 的字 ______________

❷ 連連看

girl　　　[bɝd]

nurse　　　[gɝl]

bird　　　[nɝs]

❸ The baby is nursing in her mother's arms.

句中畫線字的意思是甚麼？

(A) 護士　(B) 照顧　(C) 餵奶　(D) 睡覺

❹ 請寫出 [dɝtl] 的英文字 ______________

Unit 26 kn [n]

MP3 26

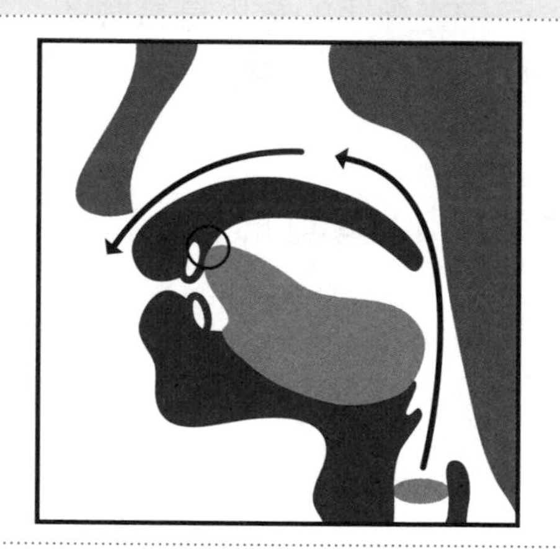

舌頭

舌頭抵住上牙後方。

發音要訣

混音 kn，在這個混音中，k 不發音，發音為ㄋㄜ˙，KK 音標為 [n]。這個發音為鼻音，舌頭抵住上牙後方，氣流由鼻腔發出，震動聲帶，發音ㄋㄜ˙。

Vocabulary 補給

- **knight** *n.* 騎士 *v.* 封……為爵士
  The knight rode on the horse back and ready to set off.
  騎士騎在馬上並準備好動身了。

  The emperor knighted his 12 warriors.
  皇帝封他的 12 名武士為爵士。

- **knee** *n.* 膝蓋 *v.* 用膝蓋碰撞
  I hurt my knee when I played tennis.
  當我打網球時，我弄傷膝蓋。

  Jack knees the gate open.
  傑克用膝蓋推開門。

- **kneel** *v.* 跪下
  He kneels down to beg her forgiveness.
  他跪下乞求她的原諒。

- **know** *v.* 知道
  Do you know him?
  你認識他嗎？

- **knock** *n.* 敲 *v.* 相撞

I got a knock by the ball.
我被球打了一下。

Please knock the door when you come.
當你來時，請敲門。

- **knob** *n.* 球形突出物

Please hold the door knob and open the door.
請抓住門把開門。

隨堂測驗

❶ Please ______________ the door when you come.

❷ 找出發音不同字

knob　　night　　know　　kick

❸ 重組字 gkhnti ______________

❹ He kneels down to beg her forgiveness. 畫線字的詞性。

(A)名詞　　(B) 動詞　　(C) 形容詞　　(D) 副詞

Unit 27 l [l] MP3 27

舌頭

將舌頭抵住上牙齒的後方。

發音要訣

字母 l 的發音有兩個，放在字首或中間，發音為ㄌㄜˋ，kk 音標為 [l]，符號和字母一樣。放在字尾，發音為ㄦ，kk 音標也是 [l]，但舌頭的擺放位置很重要，有別於 r 的發音，必須將舌頭抵住上牙齒的後方，發ㄦ。

Vocabulary 補給

- **love** *n.* 愛、戀愛 *v.* 愛、喜愛

  People envy the love of the couple.
  人們羨慕那對情侶之間的愛。

  Babies love to be hugged by their mothers.
  嬰兒喜歡被媽媽擁抱。

- **leash** *n.* 鍊鎖、皮帶 *v.* 栓、繫

  The dog is on the leash.
  那隻狗被拴繫住。

  Leash your dog when you go to the park.
  當你去公園時，將你的狗拴起來。

- **like** *n.* 愛好 *v.* 喜歡

  Painting is her like.
  畫畫是她的喜好。

  I like the way you paint.
  我喜歡妳畫畫的方式。

- **bill** *n.* 帳單 *v.* 給……帳單

I have to pay the bill for my family.
我必須為我的家人付帳單。

The receptionist bills him for the night.
那接待員給他一晚的住宿帳單。

- **hill** *n.* 山丘 *v.* 把……堆成山丘

The house stands on the hill.
那間房子在山丘上。

Farmers hill the straw up.
農夫們把到草堆成山丘。

- **oil** *n.* 油 *v.* 添加油

Do not step on the oil on the floor.
不要踩到地上的油。

He oils his scooter.
他為他的摩托車上油。

❶ 找出發音相同的字

lake (a) coil (b) beloved (c) soil (d) tell

❷ 重組句子

Hill / house / on / The / stands / the.

____

❸ The dog is on the ____________.

(A) like (B) oil (C) leash (D) love

❹ 找出上列六個字

q	w	h	i	l	l
e	r	l	i	k	e
b	t	y	u	v	a
o	i	p	o	l	s
g	h	l	j	k	h
f	i	d	l	s	a
o	b	v	c	x	z

Unit 28 m [m] MP3 28

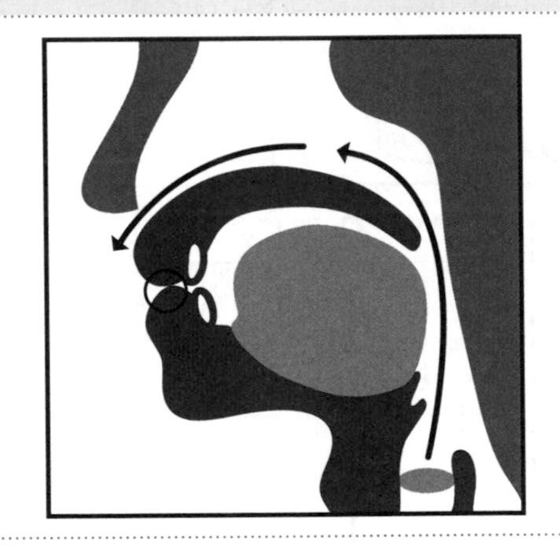

嘴型

嘴唇緊閉。

發音要訣

子音 m 有兩個發音，擺放字首或字尾的發音不同:在字首發音為ㄇㄜˋ，KK 音標為 [m]。這個發音為鼻音，將嘴唇緊閉，氣流由鼻腔發出，快速張嘴，震動聲帶，發音ㄇㄜˋ；在字尾發音，KK 音標為 [m]。但雙唇緊閉，氣流由鼻腔發出，震動聲帶，發音ㄣˋ。

Vocabulary 補給

- **mother** *n.* 媽媽 *v.* 像媽媽一樣照料

  My mother is very beautiful.

  我媽媽非常漂亮。

  Mrs. Anderson mothered the lost child.

  安德森太太像媽媽一樣照料那迷路的孩子。

- **my** *pron.* 我的

  My uncle gives me a wonderful lesson.

  我叔叔給我上了一堂很棒的課。

- **mouth** *n.* 嘴巴

  The dentist asked me to open my mouth.

  牙醫要求我張開嘴巴。

- **RAM** *n.* 電腦記憶體

  RAM is the best known form of computer memory.

  RAM 是最為大家所知的電腦記憶。

- **room** *n.* 房間；空間 *v.* 居住

I don't have more room for dessert.
我已經吃不下點心了。

Mr. Hans rooms for the stray dog.
漢斯先生提供那流浪狗住宿。

- **aim** *n.* 瞄準的目標 *v.* 瞄準

The aim of our team is to win a gold medal.
我們團隊瞄準的目標是贏得一個金牌。

Our company aims at higher production.
我們公司目標是提高生產。

❶ 請找出相同發音的字

room number RAM no mother

❷ 選出 mouth 的發音

(A) [n] (B) [m] (C) [w] (D) [v]

❸ 連連看

mother

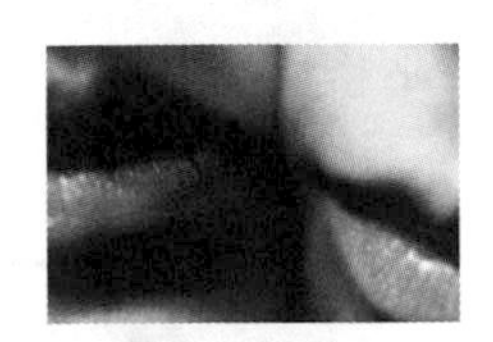

room

mouth

❹ 請寫出 mother 的 KK 音標 [ ]

Unit 29 n [n]

MP3 29

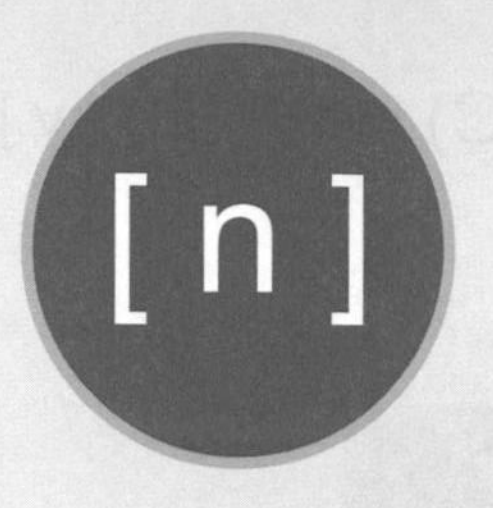

嘴型
雙唇微微張開。

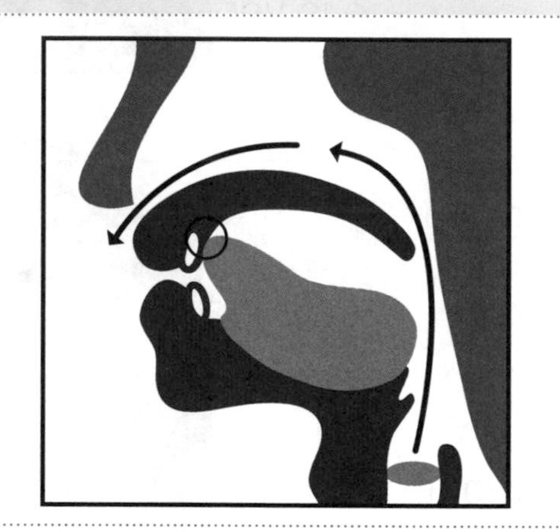

舌頭
舌頭抵住上牙後方。

發音要訣

子音 n 有兩個發音，擺放字首或字尾的發音不同:在字首發音為ㄋㄜˋ，KK 音標為 [n]。這個發音為鼻音，舌頭抵住上牙後方，氣流由鼻腔發出，震動聲帶，發音ㄋㄜˋ；在字尾發音，KK 音標為 [n]。但雙唇微微張開，震動聲帶，發音嗯。

Vocabulary 補給

- **nurse** *n.* 護士 *v.* 看護；護理
  The nurse is very patient.
  那位護士非常有耐心。

  Hanna nurses her mother very patiently.
  漢娜非常有耐心的看護她的母親。

- **no** *n.* 不 *adj.* 沒有 *adv.* 沒有
  Does your teacher give a yes or a no to your request?
  你的老師對你的請求是同意或不同意？

  There is no difference between them.
  他們之間並無不同。

  Are you a doctor? No, I am not.
  你是一個醫生嗎？不，我不是。

- **nut** *n.* 堅果 *v.* 採堅果
  We can crack those nuts with a nut cracker.
  我們可以用碎堅果器來打開那些堅果。

- **hen** *n.* 母雞

  The hen lays an egg every day.
  那隻母雞每天下一顆蛋。

  Autumn is the best season to nut.
  秋天是採堅果最好的季節。

- **lend** *v.* 借給

  He lends me a pair of gloves.
  他借給我一雙手套。

- **run** *n.* 跑 *v.* 奔跑

  Let's go for a run.
  我們去兜風吧！

  The boy runs to his mother.
  那男孩跑到媽媽那兒去。

隨堂測驗

❶ 請寫出 nurse 的 KK 音標 [ ]

❷ 重組句子 day/hen/The/an/lays/every/egg.

____

❸ 找出不同發音字（複選）

nurse (A) no (B) man (C) lend (D) nut

❹ 連連看

nurse

nut

run

Unit 30 ng [ŋ] MP3 30

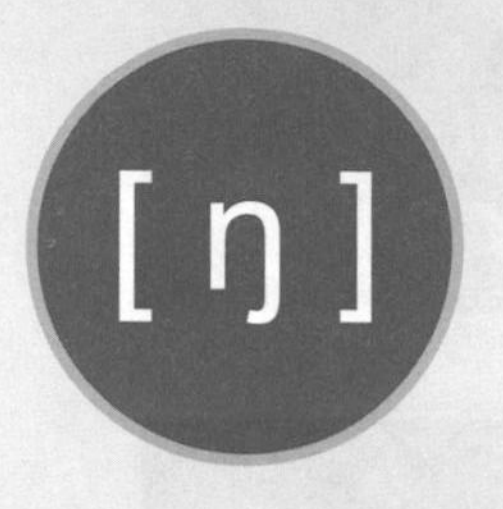

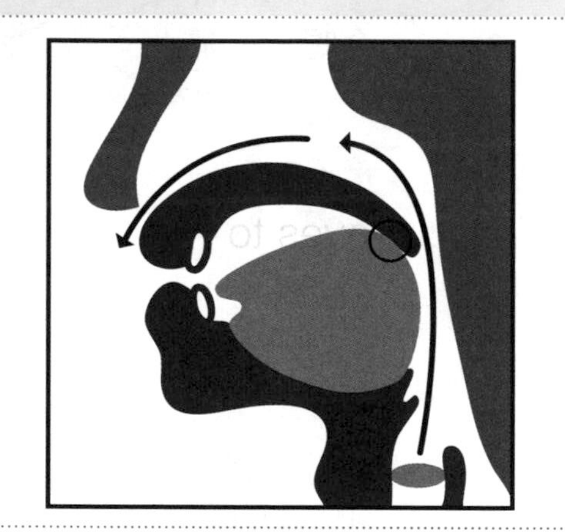

嘴型	舌頭
上下唇微張。	舌頭抵住口腔上方。

發音要訣

子音混合音 ng，發音為ㄥˋ，KK 音標為 [ŋ]。這個音是鼻音，舌頭抵住口腔上方，氣流由鼻腔呼出，震動聲帶，發 [ŋ]。

Vocabulary 補給

- **morning** *n.* 早晨
  She goes jogging every morning.
  她每天早上去慢跑。

- **sing** *n.* 合唱 *v.* 唱歌
  Maggie joins the school sing.
  梅姬參加學校合唱團。

  The girl loves to sing.
  那女孩很愛唱歌。

- **cling** *v.* 緊握不放
  The baby clings to its mother.
  那嬰兒緊抱住他的媽媽。

- **along** *adv.* 向前 *prep.* 沿著
  Jerry was riding a bicycle along the railway.
  傑瑞正沿著鐵軌騎腳踏車。

  The boy walks along the road to his destination.
  那男孩沿著路走去他的目的地。

- **sling** *n.* 投石器 *v.* 投擲

The container was hung by a sling.
那貨櫃被吊索吊著。

The boys sling stones at the cars under the bridge.
那男孩對橋下的汽車投擲石頭。

- **bang** *n.* 猛擊 *v.* 砰砰作響 *adv.* 砰地

We heard a big bang from downstairs.
我們聽到樓下傳來一個很大的聲響。

The man bangs at the door.
那人猛敲門。

❶ 請重組下列字

giornmn ____________

❷ The container was hung by a sling.畫線字的詞性為

(A)名詞 (B) 動詞 (C) 形容詞 (D) 副詞

❸ 連連看

bang	[ə'lɔŋ]
along	[bæŋ]
cling	[klIŋ]

❹ Maggie joins the school ____________.（合唱團）

Unit 31 o [ɑ] MP3 31

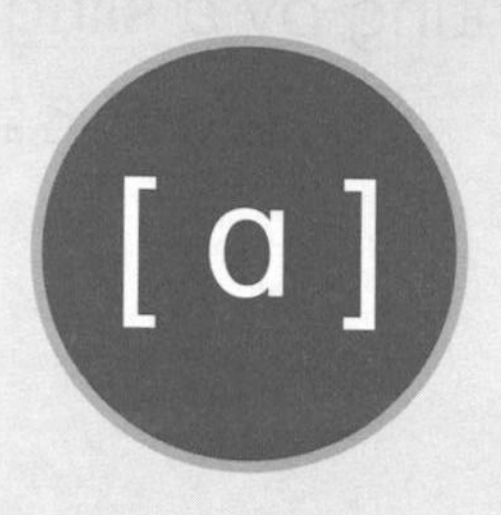

	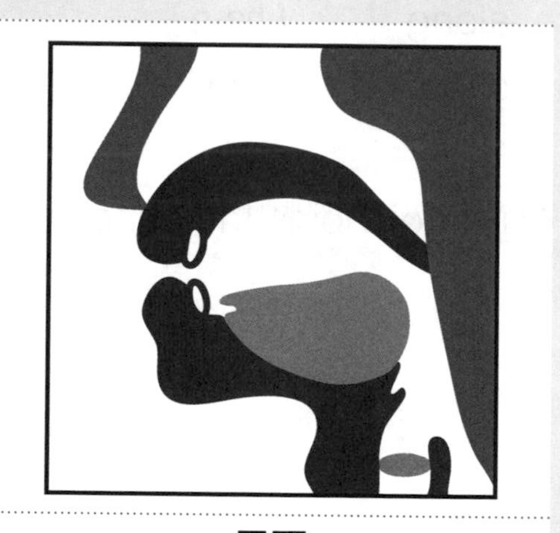
嘴型 嘴型張大，略呈圓形。	**舌頭** 舌頭略向舌根縮，舌位壓低。

發音要訣

母音 o 的短母音，發音為ㄚ，KK 音標為 [ɑ]。這個發音與ㄚ的發音，舌頭擺放略有不同，舌頭略向舌根縮，舌位壓低。嘴型張大，但略呈圓形。

Vocabulary 補給

- **October** *n.* 十月

  The National Day is in October.

  國慶日是在十月。

- **octopus** *n.* 章魚

  Do you like the taste of octopus?

  你喜歡章魚的口感嗎？

- **hot** *v.* 加熱 *adj.* 熱的 *adv.* 熱地

  His wife hots up bath water for him after he comes home every day.

  他太太每天在他回家時為他加熱洗澡水。

  It is very hot in summer.

  夏天很熱。

- **jog** *n.* 輕搖 *v.* 輕撞；慢跑

  Cathy gave her classmate a jog to wake her up.

  凱茜搖她同學一下吵醒她。

  My father jogs in the park every day.

  我爸爸每天在公園慢跑。

▪ **pot** *n.* 罐子；鍋子 *v.* 裝罐

I enjoy having hot pot in winter time.

我在冬天喜歡吃火鍋。

Lily pots the cabbage to make pickle.

莉莉將高麗菜裝罐製做泡菜。

▪ **cock** *n.* 公雞 *v.* 板起板機

The old man raised a cock in his house.

那個老人在他的房內養一隻公雞。

The gang cocked their pistol.

那一群歹徒板起他們手槍的板機。

隨堂測驗

❶ 寫出 ['ɑktəpəs] 的英文字 ______________

❷ 重組句子 man / house / The / cock / a/his / raised / old / in.

____

❸ 連連看

jog

pot

cock

❹ 請填上字謎

Unit 32 oa / o_e [o]

MP3 32

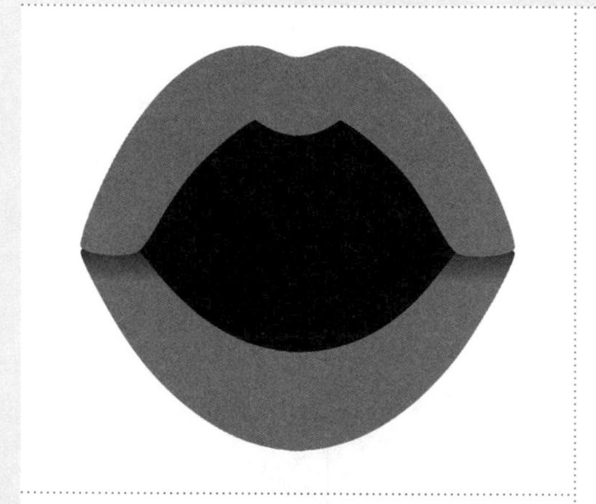

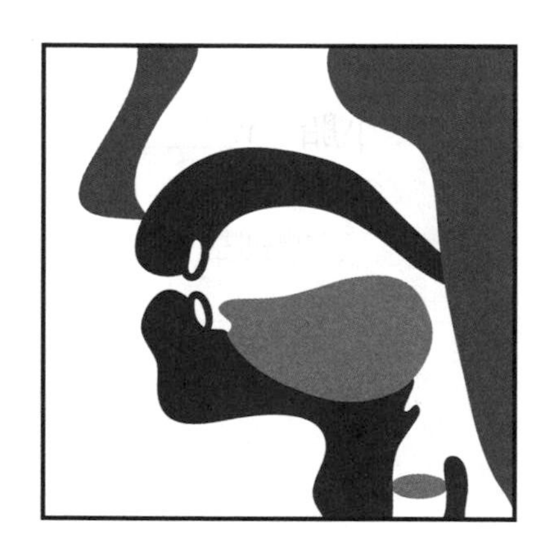

嘴型

嘴巴張開半圓形。

發音要訣

複合母音 oa/o_e 的發音，同長母音 o 的發音，為ㄛ、ㄨ，KK 音標為 [o]。此發音，先以ㄛ開始，再以ㄨ收尾。嘴巴發音腔肌肉拉緊，張開半圓形，説ㄛ，再發ㄨ的音。

Vocabulary 補給

- **coat** *n.* 外套 *v.* 塗在……上

  Put your rain coat on if it rains.
  如果下雨，穿上你的雨衣。

  The cookie is coated with chocolate.
  那餅乾被塗上一層巧克力。

- **boat** *n.* 小船 *v.* 划船

  We board on the glass bottom boat.
  我們搭上了那艘玻璃船。

  The man boated to the small island.
  那人划船到那小島。

- **toad** *n.* 蟾蜍

  A toad jumps over the fence.
  一隻蟾蜍跳過那個籬笆。

- **coke** *n.* 可樂

  Could you please pass me a can of coke?
  麻煩你遞給我一罐可樂好嗎？

- **joke** *n.* 玩笑 *v.* 開玩笑

He likes to tell jokes.
他喜歡講笑話。

Do not joke with him, he is a serious man.
不要和他開玩笑，他是個嚴肅的人。

- **love** *n.* 熱愛 *v.* 愛

The love my mother gave me is priceless.
媽媽給我的愛是無價的。

We are all loved by God.
我們都為上帝所愛。

隨堂測驗

❶ 請找出相同發音

love　(A) toad　(B) hot　(C) book　(D) cow

❷ 請填上空缺字 t __ __ d

❸ 連連看

toad　[a]

love　[a]

cock　[o]

❹ Do not ______________ with him, he is a serious man.

Unit 33 oi / oy [ɔɪ] MP3 33

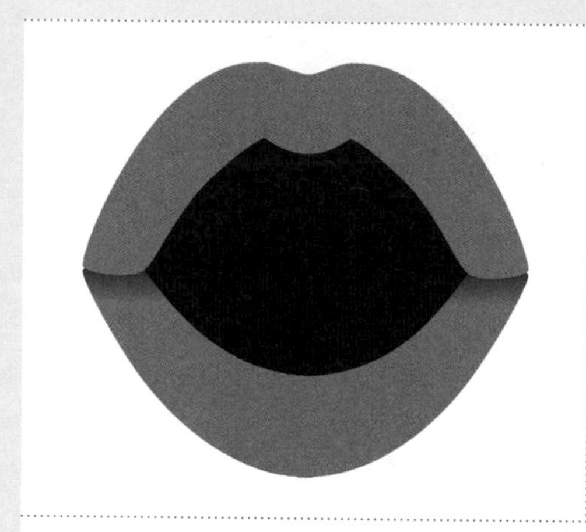

嘴型

嘴唇呈半圓形，再往左右拉開。

舌頭

舌位略向後縮。

發音要訣

母音組合 oi / oy，發音為ㄛ、一，KK 音標為 [ɔɪ]。發這個音，需先發 [ɔ] 的音，舌位略向後縮，發音腔放鬆，嘴呈半圓形，微向前凸出。然後發 [ɪ] 的音，嘴呈扁長形，雙唇往左右拉，發聲一˙。

Vocabulary 補給

- **coin** *n.* 錢幣；銅板 *v.* 鑄造錢幣

  Allan collects many foreign coins.
  艾倫蒐集很多外國銅板。

  Government decides to coin more 10-dolloar coins.
  政府決定鑄造更多 10 元錢幣。

- **soil** *n.* 泥土；土壤 *v.* 弄髒

  The soil is good for organic farming.
  那一片土壤適合有機農業。

  His dog soils the carpet.
  他的狗弄髒地毯。

- **oil** *n.* 油脂 *v.* 塗油

  The oil price decreased recently.
  最近油價下跌。

  Jason oiled his motorcycle.
  傑森為他的摩托車加油。

▪ **boy** *n.* 男孩

The boy is playing on the beach.

那男孩正在沙灘上玩耍。

▪ **annoy** *v.* 惹惱；令人厭煩

The flies are very annoying.

蒼蠅令人厭煩。

▪ **enjoy** *v.* 喜愛

I enjoy surfing on the internet.

我喜歡上網。

❶ 請拼出下列 KK 音標之字

[Indʒɔl] ______________

❷ 找出不相同發音

coin　　boy　　joy　　love

❸ 請重組 yjeon ______________

❹ The ______________ is good for organic farming.

(A) oil　　(B) boy　　(C) coin　　(D) soil

Unit 34 oo [ʊ] / [u] MP3 34

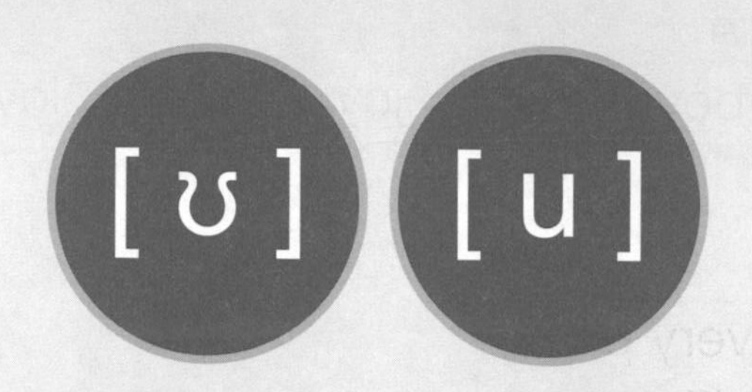

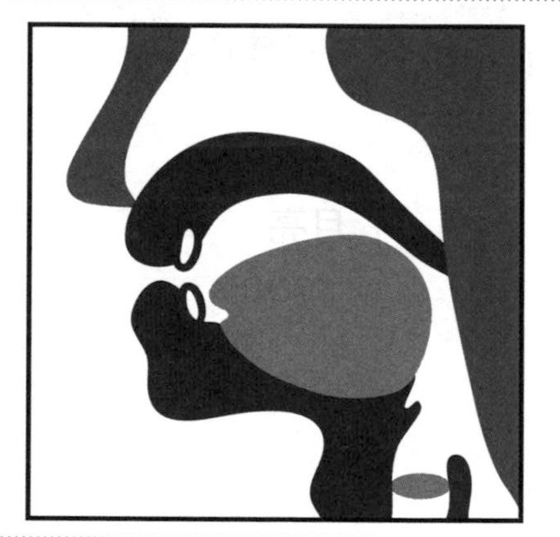

嘴型

嘴型圓形，略往外凸。

發音要訣

母音組合 oo，發音為短音的ㄨ˙，KK 音標為 [ʊ]。發這個音，發音腔肌肉較鬆弛，嘴型圓形，略往外凸。或長音的ㄨ、，KK 音標為 [u]。發這個音，嘴唇嘟起，比發ㄨ˙的音緊張用力。

Vocabulary 補給

- **book** *n.* 書本 *v.* 預訂

  This book is very popular.
  這本書非常受歡迎。

  Nancy booked the hotel.
  南茜預定了旅館。

- **moon** *n.* 月亮

  The blood moon appears every 18 years.
  血月每十八年出現一次。

- **tooth** *n.* 牙齒 *v.* 裝牙齒

  The young boy's tooth was taken by the tooth fairy.
  那小孩的牙齒被牙仙子拿走了。

  The doctor toothed for the old lady.
  醫師為那位老女士裝牙齒。

- **good** *n.* 好處 *adj.* 好的

  Does it do any good to you?
  這對你有甚麼好處？

I have a good English ability.
我的英文很好。

- **foot** *n.* 足 *v.* 步行

She goes to school on foot.
她走路上學。

The soldier footed 100 miles to another village.
那士兵步行 100 英哩到另一個村莊。

- **school** *n.* 學校 *v.* 教育訓練

Nancy has just left the school.
南茜剛剛離開學校。

Rick schooled himself to be an Olympic athlete.
瑞克訓練他自己成為奧運選手。

❶ 請找出發音不同的字

book　moon　school　tooth

❷ I have a good English ability. 畫線字的詞性為

(A) 名詞　(B) 動詞　(C) 形容詞　(D) 副詞

❸ 請寫出 tooth 的 KK 音標 [　　　]

❹ Nancy has just left the ________.

(A)tooth　(B) book　(C) moon　(D) school

Unit 35 ou / ow [aʊ]

MP3 35

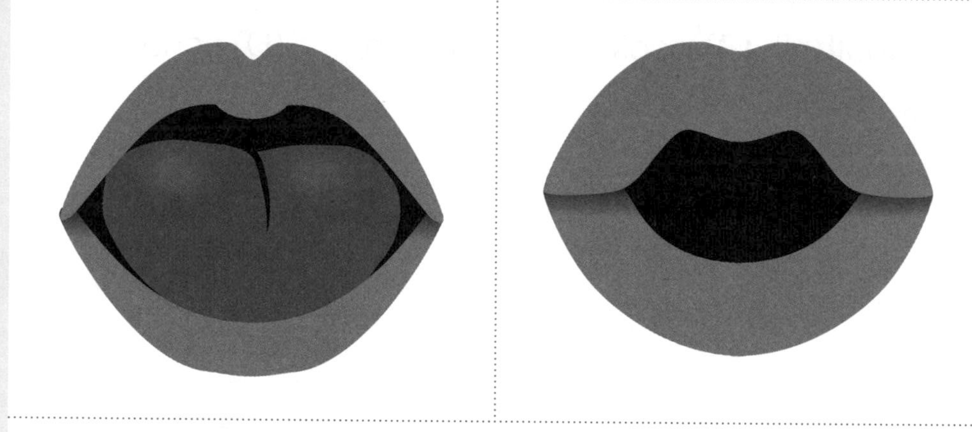

嘴型

先嘴型張開呈圓形。後雙唇噘起，上下唇小張開。

發音要訣

母音組合 ou 及母子音組合 ow，發音為ㄠ、ㄨ，KK 音標為雙母音的 [aʊ]。發音時，先把舌頭放在 [ɑ] 的位置，舌頭壓低，再將嘴嘟起，發 [ʊ] 的音。發音腔肌肉成放鬆狀態。

Vocabulary 補給

▪ **out** *adj.* 外面的 *adv.* 在外 *prep.* 通過……而出

Take this album to the out room.
把這本相簿放到外面的房間。

I will go out with my cousin next Sunday.
我下星期天要跟我表姊出去。

He drove out of the track.
他開車偏離了道路。

▪ **house** *n.* 房子 *v.* 給……房子住

The house was built in 18th century.
這間房子是 18 世紀建造的。

The old man housed the stray dog.
那老人給流浪狗房子住。

▪ **lousy** *adj.* 盡是蝨子的；不潔的；討厭的

I have never seen such a lousy woman like her.
我沒見過像她這麼討人厭的女人。

▪ **brown** *n.* 褐色 *v.* 變成褐色 *adj.* 棕色的

The painter painted the house brown.
那位油漆匠將房子漆成咖啡色。

Oxidization browns the fruit.
氧化使水果變成褐色。

Ben will buy the brown table.
班將買那張咖啡色的桌子。

▪ **how** *adv.* 怎麼；如何 *conj.* （名詞子句連接詞）

How do you do?
你好嗎？

Do you know how to get to the station?
你知道該如何到車站嗎？

▪ **town** *n.* 城鎮

Our boss is out of town.
我們老闆不在市內。

隨堂測驗

❶ 找出不同發音的字

(A) town (B) out (C) low (D) lousy

❷ 請重組句子 the / drove / track / out / He / of.

____

❸ 連連看

brown [taʊn]

town [haʊs]

house [braʊn]

❹ He drove out of the track. 畫線字的詞性為

(A) 介系詞 (B) 動詞 (C) 形容詞 (D) 副詞

Unit 36 p [p] MP3 36

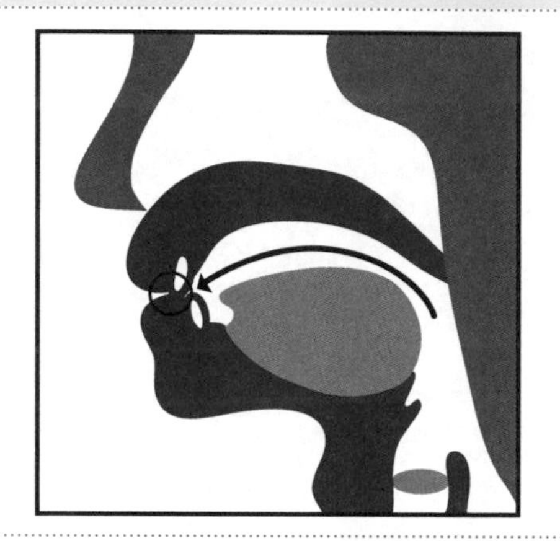

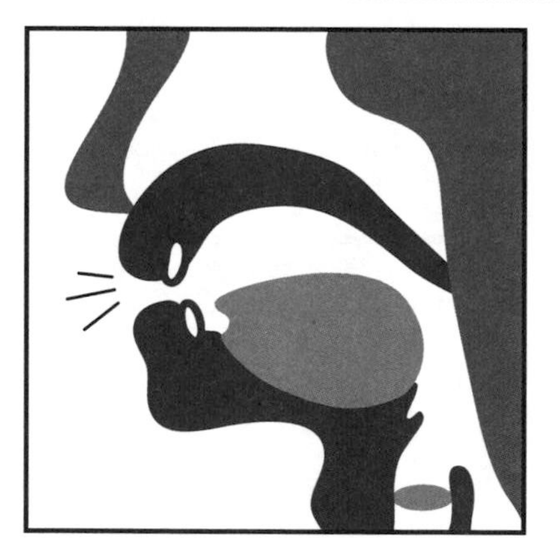

嘴型

雙唇緊閉，再微微張口。

發音要訣

子音 p，發音為ㄆㄜˊ，KK 音標為 [p]。這個音是氣音，發這個音，將雙唇緊閉，使氣流堵在唇後，然後迅速微微張口，讓氣流衝出，產生噴氣聲，不需震動聲帶，送氣，發ㄆㄜˊ。

Vocabulary 補給

- **hope** *n.* 希望 *v.* 期待

  Do not give up your hope so soon.

  不要這麼快放棄你的希望。

  I hope you have a wonderful trip.

  祝你有一個很棒的旅遊。

- **pen** *n.* 筆 *v.* 寫作

  Could you please pass me a pen?

  請給我一支筆好嗎？

  Sandy penned a letter to me few days ago.

  珊狄幾天前寫一封信給我。

- **apple** *n.* 蘋果

  Judy loves the apple.

  茱蒂很愛蘋果。

- **happy** *adj.* 高興的

  Are you happy?

  你快樂嗎？

▪ **purple** *n.* 紫色 *v.* 變成紫色 *adj.* 紫色的

The girl dressed in purple is my sister.

那個穿紫色衣服的女孩是我妹妹。

Mary decides to purple the trees.

瑪莉決定將樹塗成紫色。

The purple dress looks so fancy.

那件紫色衣服看起來很棒。

▪ **keep** *n.* 生活費 *v.* 保持

How do you survive with your keep?

你如何用你的生活費為生？

He always keeps his room clean.

他總是保持房間的乾淨。

隨堂測驗

❶ 請寫出 purple 的 KK 音標 [ ]

❷ 請填入空格：Are you h _ p _ y?

❸ 請填上字謎

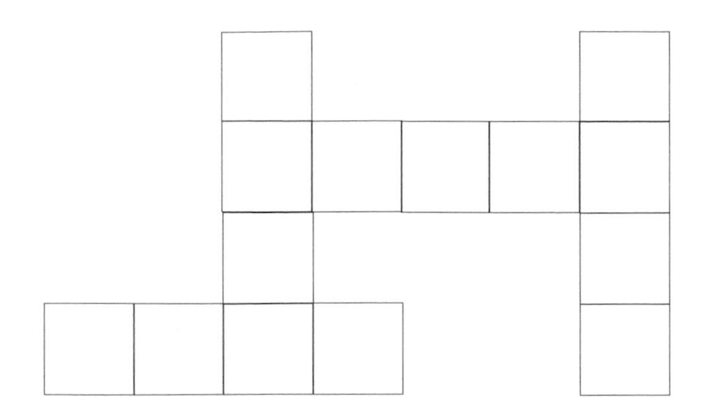

❹ 請重組英文字 uepprl ______________________

Unit 37 qu [kw] MP3 37

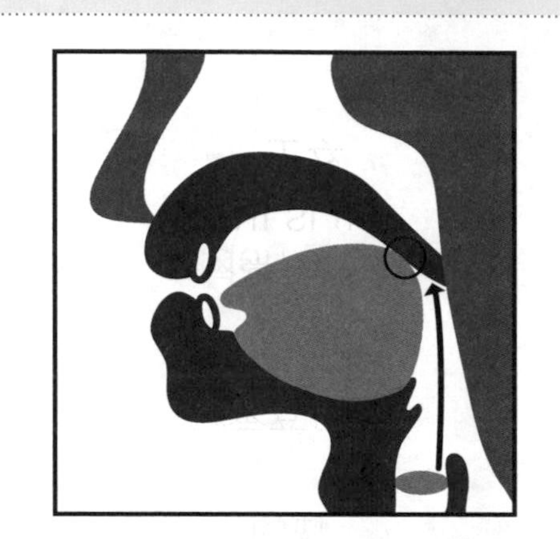

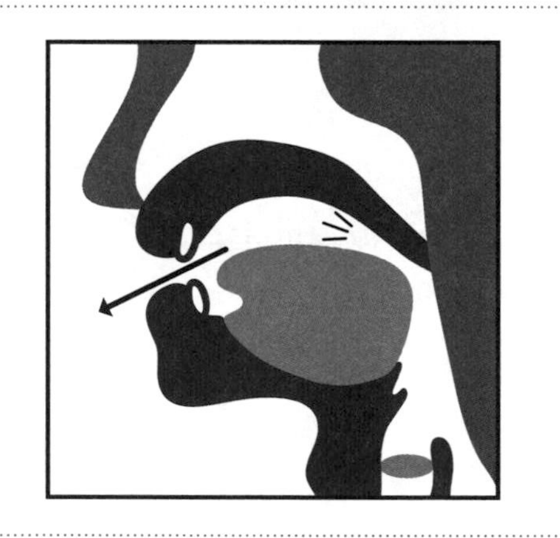

舌頭

舌根部位頂住嘴巴上部，後迅速放下舌頭。

發音要訣

子音 q 的單字，一向都跟 u 搭配，所以 qu 一起，發音為ㄎㄨㄛˋ，kk 音標為 [kw]。發這個音，首先要先發 [k] 的音，將舌根部位頂住嘴巴上部，將氣流堵住，然後迅速放下舌頭，讓氣流衝出。然後緊接著發ㄨㄛˋ的音，舌頭抬高，震動聲帶。

Vocabulary 補給

- **queen** *n.* 女王 *v.* 當女王

  Elizabeth II is the queen of Britain.
  伊莉莎白二世是當今英國女王。

  Mary queened at age of five.
  瑪莉在 5 歲時登基為女王。

- **quick** *adj.* 快的 *adv.* 快速地

  Hans is quick in learning.
  漢斯學習很快。

  Johnson runs as quick as a horse.
  強森跑得跟一匹馬一樣快。

- **earthquake** *n.* 地震

  The building was destroyed by earthquake.
  這個大樓在地震時被摧毀了。

- **question** *n.* 問題 *v.* 詢問

  The question is difficult.
  這個問題很難。

The efficacy of medicine is questioned.
藥物的效力被質疑了。

- **queue** *n.* 長隊 *v.* 排隊

The queue for the game is very long.
看球賽的隊伍好長。

People queue up for movie tickets.
人們排隊買電影票。

- **quality** *n.* 品質 *adj.* 優良的

The quality of the dry fig is good.
那無花果乾的品質很好。

We had a quality night yesterday.
昨晚我們有一個很讚的夜晚。

❶ 請重組下列字

iqyatlu ____________

❷ The building was destroyed by e___r___hq___a___e.

❸ Johnson runs as quick as a horse. 畫線字的詞性為

(A)名詞 (B) 動詞 (C) 形容詞 (D) 副詞

❹ 重組句子 Britain / the / Elizabeth / queen / II / is / of.

____

Unit 38 r [r] MP3 38

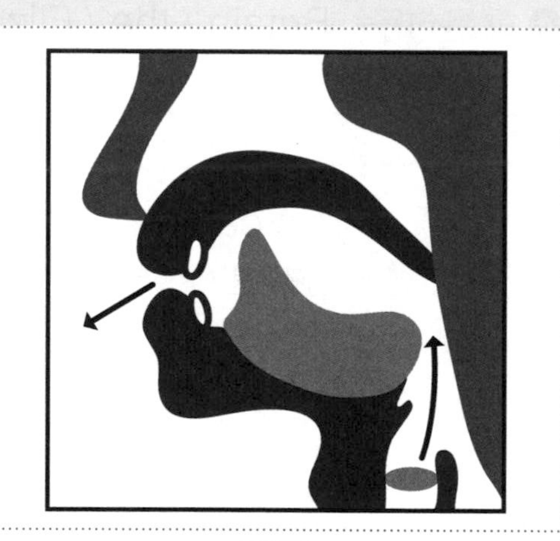

嘴型	**舌頭**
嘴唇呈圓形。	舌頭向上捲。

發音要訣

子音 r，有兩個不同發音。擺放在字首，發音ㄖㄜ，kk 音標為 [r]。發這個音，舌頭要向上捲，下巴微張，氣流經舌面流出，圓形嘴型，發音腔緊縮，震動聲帶，發ㄖㄜ。擺放在字尾，發音ㄦ，kk 音標為 [r]。發這個音，舌頭要向上捲，下巴微張，氣流經舌面流出，圓形嘴型，放鬆發音腔，震動聲帶，發ㄦ。

Vocabulary 補給

- **red** *n.* 紅色 *adj.* 紅的

  What color do you like? I like red.
  你喜歡甚麼顏色？我喜歡紅色。

  The thief was caught red-handed.
  那個小偷當場被逮。

- **ring** *n.* 戒指 *v.* 包住

  The mail carrier rings the door bell, but no answer.
  那個郵差按門鈴，但沒人回應。

  He proposed her with a diamond ring.
  他用一枚鑽石戒指向她求婚。

- **right** *n.* 右邊 *v.* 糾正（錯誤） *adj.* 右邊的；對的 *adv.* 向右

  The answer is right.
  答案是正確的。

  His behavior should be righted.
  他的行為應該被糾正。

The store is on your right hand side.
那家店在你的右手邊。

Please turn right after you see the traffic light.
在你看到交通號誌後請右轉。

▪ **ear** *n.* 耳朵；穗
Don't shout into my ear, I can hear you.
不要在我耳邊大叫，我聽得見你。

▪ **car** *n.* 汽車
There are plenty of cars on the road.
路上有很多車子。

▪ **hear** *v.* 聽見
Can you hear the bird singing?
你可以聽到小鳥在唱歌嗎？

隨堂測驗

❶ 請找出發音不同的字

hear car right ear

❷ Please turn ____________ after you see the traffic light.
(A) red (B) hear (C) ring (D) right

❸ 連連看

red

car

ring

❹ 重組英文字 trghi ________________

PART 1
PART 2
PART 3
附錄

Unit 39 s [s] MP3 39

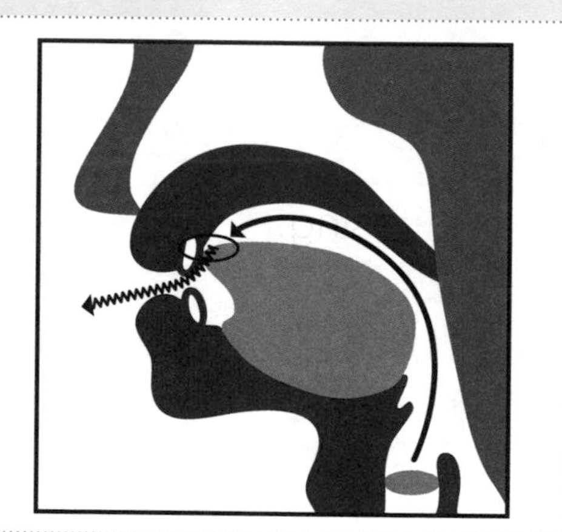

舌頭

舌頭放在上牙齒後方。

發音要訣

子音 s，發音為齒音的ㄙ˙，kk 音標為 [s]。將舌頭放在上牙齒後方，用力送氣，將氣流送出，發出牙齒的震動聲音，不振動聲帶。

Vocabulary 補給

- **son** *n.* 兒子

  The old man has three sons.

  那個老人有三個兒子。

- **sing** *n.* 合唱 *v.* 唱歌

  Jess is in the school sing.

  潔絲是學校合唱團。

  I love to sing.

  我很愛唱歌。

- **purse** *n.* 錢包 *v.* 噘起

  The girl sells purses in the night market.

  那女孩在夜市賣皮包。

  She purses up to express her anger.

  她噘起嘴以表達她的憤怒。

- **nurse** *n.* 護士 *v.* 看護

  The nurse is very patient.

  那位護士很有耐心。

  Megan spends a lot of time nursing her father.

  梅根花了很多時間看護她的父親。

- **sister** *n.* 姊妹 *v.* 姊妹似的對待 *adj.* 姊妹關係的

  My sister has a part time job.
  我的妹妹有一份兼職工作。

  She sisters her neighbor, Anny.
  她姊妹似的對待她的鄰居，安妮。

  They are in a sister alliance.
  她們一起在姊妹聯盟。

- **desk** *n.* 書桌 *adj.* 書桌的

  Please do not move this desk.
  請不要移動這張桌子。

  One of the desk drawers is damaged.
  其中的一個桌子的抽屜壞了。

隨堂測驗

❶ 請重組下列字

ritsse ____________

❷ One of the desk drawers is damaged. 畫線字的詞性為

(A)名詞 (B) 動詞 (C) 形容詞 (D) 副詞

❸ 連連看

sing

sister

desk

❹ 找出相關六個字

z	x	c	v	s	b	n
g	h	n	j	i	k	m
f	p	u	r	s	e	l
w	q	r	a	t	s	d
e	r	s	d	e	s	k
t	o	e	y	r	i	u
n	k	l	p	o	n	i
j	h	g	f	d	g	c

Unit 40 sh [ʃ]　MP3 40

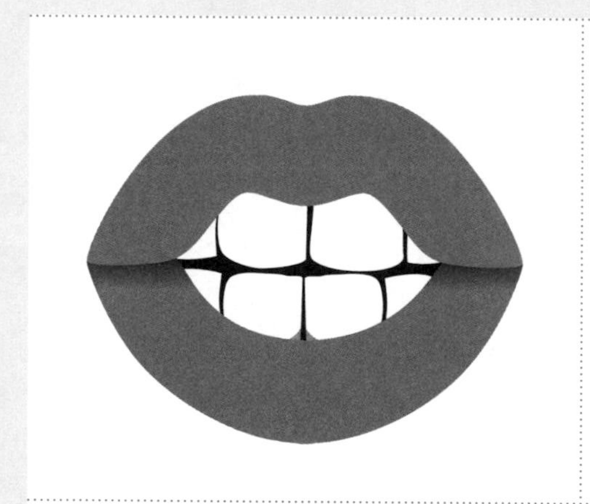

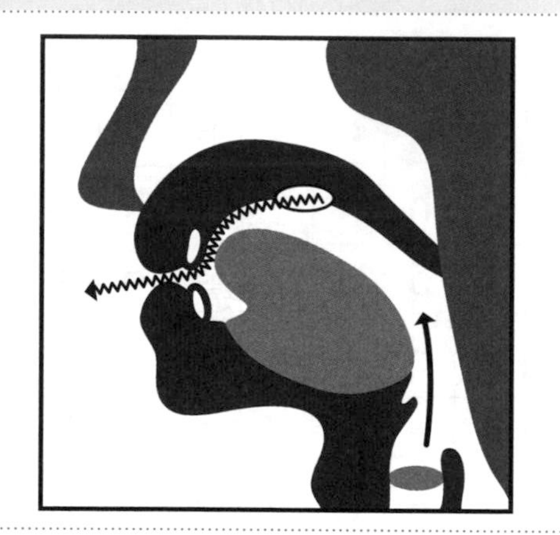

舌頭

舌位在口腔中間。

發音要訣

子音組合 sh，發音為ㄒㄩ，KK 音標為 [ʃ]。發音時，舌位在口腔中間略往上緊縮，吹出氣流，發聲，此音不振動聲帶。

Vocabulary 補給

- **ship** *n.* 船 *v.* 船運

  The cargo was sent by ship.
  那貨物用船運送來。

  Please ship the goods by Friday.
  請在星期五前運送貨物。

- **share** *n.* 一份 *v.* 分享

  The rich man sold part of his share of this company.
  那有錢人賣了他在這家公司的部分股權。

  It is important to share.
  分享是很重要的。

- **blush** *n.* 臉紅 *v.* 臉紅

  A blush came into her cheeks.
  她臉頰紅起來了。

  The girl blushes when she takes a glance over the man.
  當那女孩瞥了那男人一眼，她頓時臉紅了起來。

- **fish** *n.* 魚 *v.* 捕魚

  There are ten fish in the pool.
  魚池裡有十條魚。

The fisherman had fished for 20 years.
那漁夫捕魚捕了 20 年。

- **short** *n.* 短片 *adj.* 短的 *adv.* 突然地

Anny has just bought a pair of shorts.
安妮剛剛買了一件短褲。

Bob is a short man.
包柏是個身材短小的男人。

Jerry stopped short and laughed out loud.
傑瑞突然停止並大笑了起來。

- **seashell** *n.* 貝殼

Judy sells seashell on the beach.
茱蒂在海灘賣貝殼。

隨堂測驗

❶ 請標出 seashell 的 KK 音標 [ ]

❷ Anny has just bought a pair of ______.
(A) ship (B) shorts (C) seashell (D) share

❸ seashell
(A) [ʃ] (B) [tʃ] (C) [j] (D) [ʒ]

❹ 連連看

ship

fish

seashell

PART 1

PART 2

PART 3

附錄

Unit 41 t [t]

MP3 41

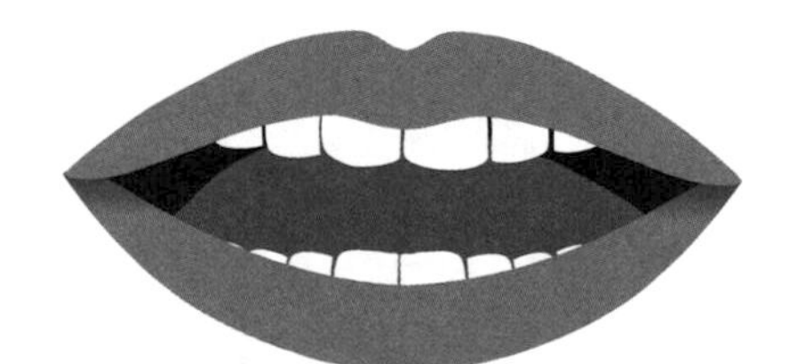

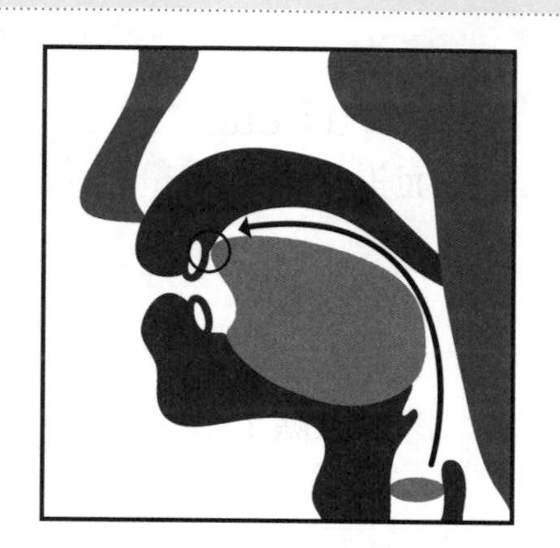

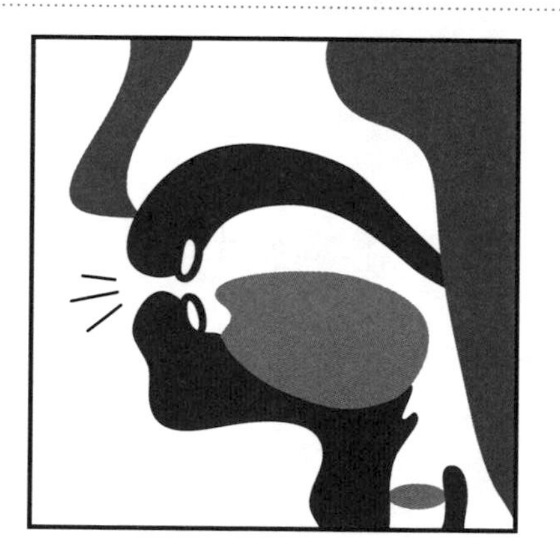

舌頭

舌頭抵住上牙後方。

發音要訣

子音 t，發音與ㄊ相似，KK 音標為 [t]。發這個音，不似ㄊ，不震動聲帶，這個字的發音，完全靠氣流衝出口腔，發出爆破聲，先將舌頭堵在上牙齒後方，然後迅速放下舌頭，送氣，發音 [t]。

Vocabulary 補給

- **Taiwan** *n.* 台灣
  Taiwan is a beautiful island.
  台灣是個美麗島。

- **tea** *n.* 茶葉
  Do you like to have a cup of milk tea?
  你要一杯奶茶嗎？

- **not** *adv.* 不
  David is not a good student.
  大衛不是個好學生。

- **ten** *n.* 十 *adj.* 十的
  The boy is ten years old.
  那男孩十歲。

  I need ten dollars.
  我需要十元。

- **doctor** *n.* 醫師
  You need to see a doctor.
  你需要去看醫師。

- **hat** *n.* 帽子 *v.* 戴上帽子

The girl's hat is beautiful.
那女孩的帽子很漂亮。

Ben hats himself and sets off to go.
班戴上帽子，動身出發。

❶ 請拼出 KK 音標 [dɑktɚ] 的字 ____________

❷ 重組英文字 naawTi ____________

❸ 猜字謎（四個字）

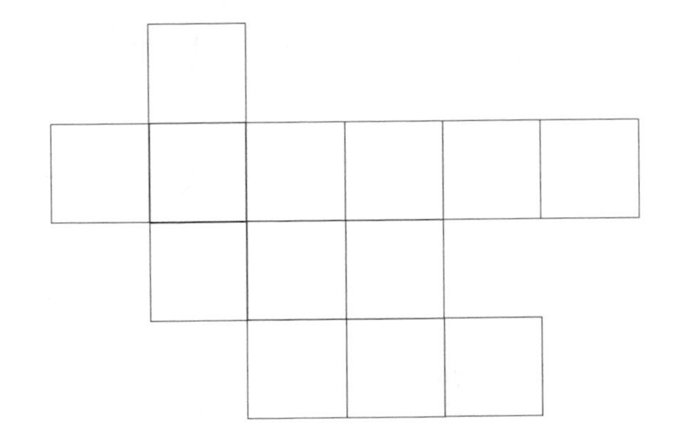

❹ 重組句子 see / need / doctor / You / to / a.

____

Unit 42 th [θ] / [ð] MP3 42

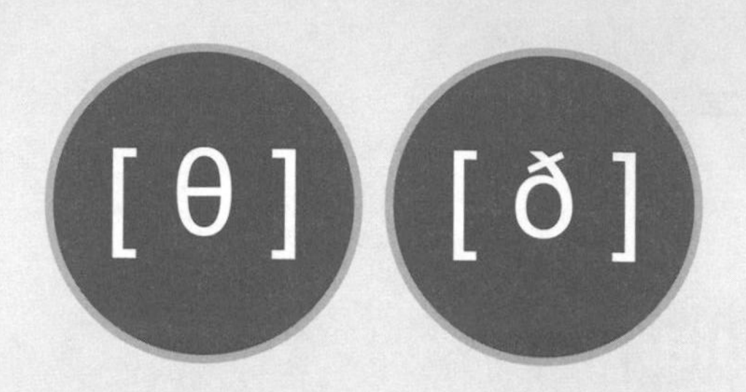

	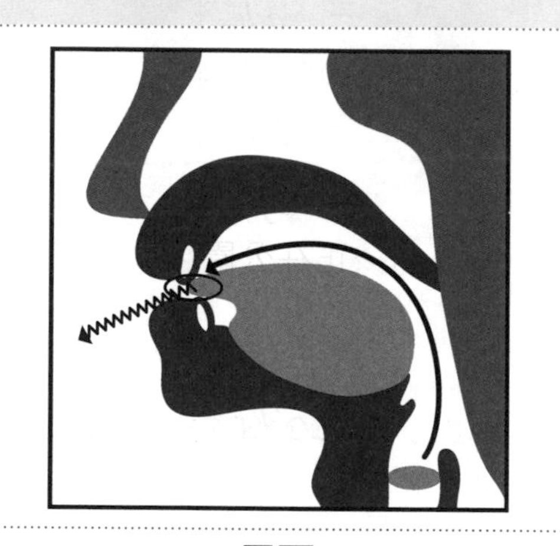
嘴型 嘴唇微張。	**舌頭** 舌頭擺放在上下牙齒中間。

發音要訣

子音組合，th [θ] 的發音是無聲的吹氣音，像是ㄙ的音，但沒有齒音。kk 音標 [θ] 這一個符號，似乎標出了發音的嘴型，嘴唇微張，舌頭擺放在上下牙齒中間，輕輕吹氣，發ㄙ。th [ð] 發音是有聲的ㄖ˙，嘴唇微張，舌頭擺放在上下牙齒中間，嘴型與 [θ] 的發音相同，發聲ㄖ˙。

Vocabulary 補給

- **three** *n.* 三 *adj.* 三的

  Can you spell the number three?
  你會拼數字三嗎？

  Three little boys are playing in the park.
  三個小男孩正在公園玩耍。

- **thirsty** *adj.* 口渴的

  I often feel thirsty after jogging.
  我經常慢跑後覺得很渴。

- **think** *v.* 想、認為

  I think you are right.
  我想你是對的。

- **month** *n.* 月分

  How many months are there in a year?
  一年有幾個月？

- **thank** *n.* 謝意、謝辭 *v.* 感謝

  Many thanks for your kind consideration.
  感謝您誠懇的考慮。

  I would like to thank you for your help.
  我想要感謝你的協助。

- **bath** *n.* 浴缸、澡盆 *v.* 洗澡

  Would you like to take a bath before going to bed?
  你要在上床前洗個澡嗎？

  The mother baths her baby in the tub.
  那媽媽在浴缸為她的嬰兒洗澡。

隨堂測驗

❶ 重組單字 tmhno ____________

❷ 找出發音不同的字

(A) think (B) three (C) tooth (D) smooth

❸ Three little boys are playing in the park. 畫線字的詞性為

(A) 名詞 (B) 動詞 (C) 形容詞 (D) 副詞

❹ 請寫出 thirsty 的 KK 音標 [ ]

PART 1 PART 2 PART 3 附錄

Unit 43 u [ʌ] MP3 43

	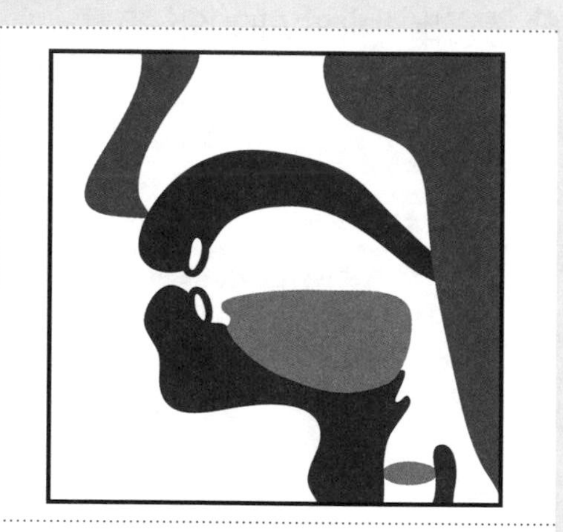
嘴型 嘴型微張。	**舌頭** 舌頭擺放口腔中央。

發音要訣

母音 u，的短音發音為ㄚˋ，略偏ㄜ的音，KK 音標為 [ʌ]。舌頭擺放口腔中央，平放略往後縮，嘴型微張，震動聲帶。

Vocabulary 補給

- **up** *n.* 上升 *v.* 提高 *adj.* 向上的 *adv.* 往上 *prep.* 往…上

  The city needs more ups in the next few months.
  這城市在幾個月內需要一些提昇。

  The price of stock has been upped these days.
  股票價錢在這幾天有上升的趨勢。

  The GDP shows an up trend recently.
  最近國內生產總值呈現上升的趨勢。

  Let's climb up to the top of the mountain.
  讓我們爬到山頂上。

  These goats roam up to the hill.
  這些山羊漫步上山丘。

- **cup** *n.* 杯子 *v.* 使成杯狀

  She makes a cup of coffee for me.
  她為我泡了一杯咖啡。

  She cupped her hand to ask for water.
  她用手做成杯狀表示要水喝。

- **sun** *n.* 太陽 *v.* 曬太陽

  There is only one sun in the world.
  世界上只有一個太陽。

The old woman sunned her blanket on the roof.
那老女人在屋頂上曬她的棉被。

▪ **hut** *n.* 小屋 *v.* 住在小屋

The hut is built with wood.
這個小屋由木頭建造的。

The Lin's family decided to hut themselves near the beach.
林家決定住在海邊。

▪ **mum** *n.* 媽咪

My mum is a good cook.
我媽媽廚藝很好。

▪ **but** *conj.* 但是 *prep.* 除…之外

She is beautiful but mean.
她很美麗但是心地不好。

She hardly talks to anyone but her mother.
她除了她媽媽外，很少和其他人說話。

隨堂測驗

❶ 找出發音不相同者

up (A) but (B) cute (C) hut (D) sun

❷ 重組句子 good / mum / is / cook / My / a.

____

❸ 請寫出 but 的 KK 音標 [ ]

❹ 找出相關六個字

d	s	b	c
h	h	u	t
n	p	t	n
m	u	m	c

Unit 44 ue / u_e [ju]

MP3 44

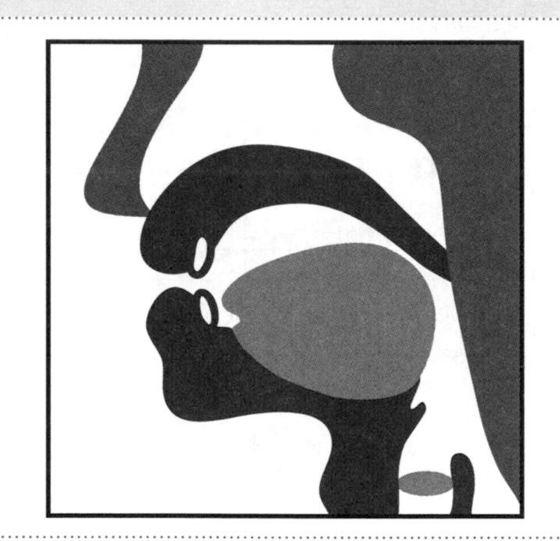

嘴型

嘴唇往外嘟起。

發音要訣

雙母音組合 ue/u_e，發音為長母音的一ㄨ、ㄩ，KK 音標為 [ju]。這個音要先發 [j] 的音，舌頭略抬高，下巴微張，震動聲帶，緊接著發的音 [u]，嘴唇往外嘟起，震動聲帶。

Vocabulary 補給

- **cute** *adj.* 可愛的
  That cute little girl is playing the piano.
  那可愛的小女孩正在彈鋼琴。

- **value** *n.* 重要性 *v.* 估價
  What is the value of your life?
  你生命的價值是甚麼？
  The dress is valued at a thousand dollars.
  那件衣服值 1000 元。

- **mute** *n.* 啞巴 *v.* 消音 *adj.* 沉默的
  I met a mute at the park this morning.
  我今天早上在公園遇見一個啞吧。
  The video is muted for some reason.
  因為某種原因，那影片被消音了。
  The letter "y" in "lay" is mute.
  「y」在「lay」是不發音的。

- **hue** *n.* 顏色

The hue of the rainbow cheers everyone.
彩虹的顏色讓大家很開心。

- **cure** *n.* 治療 *v.* 治癒

The doctor finds the cure for this disease.
醫師找到這個疾病的治療方法。

This medicine can cure malaria.
這個藥可以治癒瘧疾。

- **amuse** *v.* 使歡樂

She amuses herself by playing a guitar.
她彈吉他娛樂自己。

隨堂測驗

❶ 找出不同發音者

amuse　mute　mum　cute　hue

❷ 重組英文字 smeau ____________

❸ The letter “y” in “lay” is ____________.

(A) hue　(B) mute　(C) value　(D) cute

❹ This medicine can cure malaria.畫線字的詞性為

(A)名詞　(B) 動詞　(C) 形容詞　(D) 副詞

Unit 45 v [v] MP3 45

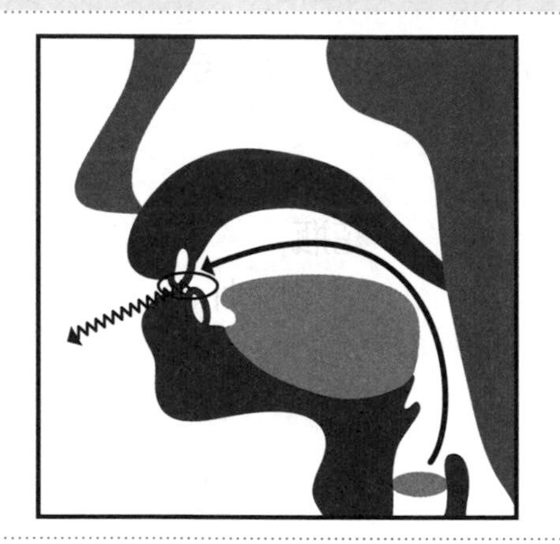

嘴型

上牙齒輕觸下唇。

發音要訣

子音 v，KK 音標為 [v]。發這個音，嘴型與 [f] 相同。發音時，上牙齒輕觸下唇，不將氣流堵住，然後用力吹氣，但要振動聲帶，發出聲音。

Vocabulary 補給

- **van** *n.* 箱型客貨車 *v.* 用車搬運

  He moved his furniture in a van.

  他用貨車搬運他的家具。

  The worker vanned the wreaths to the hall.

  那工人運載花圈到會堂。

- **vase** *n.* 花瓶

  She put a bunch of flowers in a vase.

  她在花瓶放一束花。

- **have** *v.* 有 *aux.* 已經

  I have a brother.

  我有一個弟弟。

  The seat has been taken.

  這個座位已經有人了。

- **five** *n.* 五 *adj.* 五的

  Number five is her lucky number.

  五是她的幸運數字。

She gave the beggar five dollars.
她給那個乞丐五元。

- **very** *adj.* 正是 *adv.* 非常

He is the very man.
正是這個人。

My father is very smart.
我父親非常聰明。

- **eleven** *n.* 十一 *adj.* 十一的

Seven-eleven opens 24 hours.
7-11 營業 24 小時。

There are eleven trees in the garden.
在花園裡有 11 棵樹。

隨堂測驗

❶ 請寫出 eleven 的 KK 音標 [ ]

❷ He moved his furniture in a ________.

(A) vase (B) five (C) van (D) very

❸ 連連看

five [væn]

van [faɪ]

vase [ves]

❹ 重組句子 is / My / very / smart / father.

____

Unit 46 w [w]

MP3 46

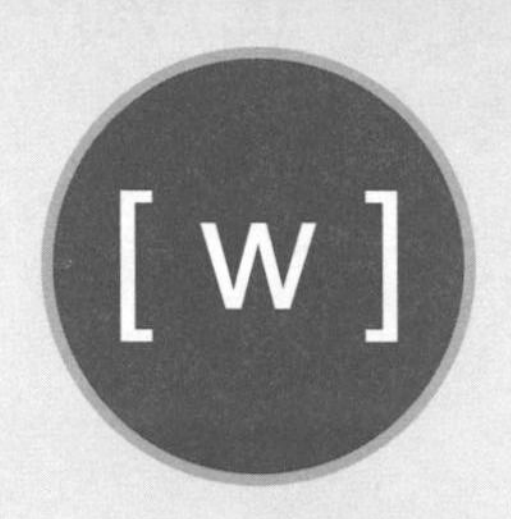

嘴型

嘴唇略噘。

舌頭

舌頭抬高。

發音要訣

子音 w，發音ㄨㄛˋ，KK 音標是 [w]。發音時，舌頭抬高，懸空在口腔，略往後縮，氣流吹出，震動聲帶。此發音方式類似母音，又稱為半母音。

Vocabulary 補給

- **win** *n.* 獲勝 *v.* 在……中成功

  She has had five wins in the gymnast contests in the past 3 years.

  在過去三年中，她贏得 5 次體操選手的競賽。

  Fred wins the dancing contest.

  符烈德贏得舞蹈比賽。

- **window** *n.* 窗戶 *v.* 給……開窗

  Please close the window.

  請關那扇窗。

  Could you please window for us?

  麻煩您幫我們開窗好嗎？

- **way** *n.* 道路

  He met his teacher on his way home.

  他在回家路上碰到老師。

- **we** *pron.* 我們

  We went to the live concert together.

  我們一起去現場音樂會。

- **wait** *n.* 等待 *v.* 等待

  May we know how long the wait is?
  我們可以知道要等多久嗎？

  Could you please wait for a while?
  可以麻煩您等一下嗎？

- **wind** *n.* 風 *v.* 轉動

  The south wind is blowing hard.
  南風颼颼的吹。

  Tom winds up his alarm clock.
  湯姆設定他的鬧鐘。

隨堂測驗

❶ 請找出不同發音者

window　van　way　have　wind

❷ 請寫出 wind 的 KK 音標　[　　　　]

❸ 請填空：Please close the w _____n _____w.

❹ Tom winds up his alarm clock. 畫線字的詞性為

(A)名詞　(B) 動詞　(C) 形容詞　(D) 副詞

Unit 47 wh [hw] / [w]

MP3 47

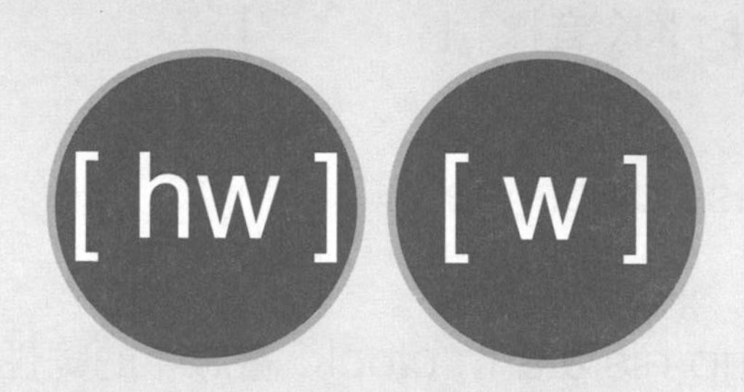

嘴型

嘴唇略噘。

舌頭

舌頭抬高。

發音要訣

子音混音 wh，的發音，可以是ㄏㄨㄛˋ，KK 音標是 [hw]，也可以是ㄨㄛˋ，KK 音標是 [w]。發音時，舌頭抬高，懸空在口腔，略往後縮，氣流吹出，震動聲帶。此發音方式類似母音，又稱為半母音。

Vocabulary 補給

- **what** *adj.* 甚麼 *adv.* 哪一方面 *pron.* 甚麼 *int.* 甚麼

  What year is it?
  這是哪一年？

  What do you mention?
  你說甚麼？

  What do you do?
  您從事甚麼行業？

  What! How could it be possible?
  甚麼！怎麼可能？

- **where** *adv.* 在哪裡 *pron.* 哪裡 *conj.* 在……的地方

  Where are you going?
  你要去哪裡？

  Where are you from?
  你從哪裡來？

  The place where he lives is very cosy.
  他住的地方非常的舒適。

- **white** *n.* 白色 *adj.* 白色的

  Wendy's favorite color is white.
  溫蒂最喜歡的顏色是白色。

  I want to buy that white shoes.
  我想要購買那雙白鞋。

- **which** *adj.* 哪一個 *pron.* 哪一個

  Which do you like, coffee or tea?
  你要甚麼，咖啡或茶？

  Which school did you go to, Peterson or Beverly Hill high?
  你上哪一所中學，彼德森還是比佛利山莊？

- **whale** *n.* 鯨魚 *v.* 捕鯨魚

  The whale is the largest animal in the world.
  鯨魚是世界上最大的動物。

  People whaled a lot in the past decades.
  在過去數十年間，人們捕很多鯨魚。

- **why** *n.* 原因 *adj.* 為什麼 *int.* 唉呀

  I want to know the reason why she hates me.
  我要知道為什麼她討厭我。

  Why the earthquake happened so often recently?
  為什麼最近地震這麼頻繁？

  Why, don't bother the sleeping baby!
  唉呀，不要打擾睡著的嬰兒！

隨堂測驗

❶ 請找出 KK 音標為 [hwel] 的字 ______________

❷ 哪一個才是 which 的音標？

(A) [hwɪtʃ]　(B) [hwalt]　(C) [hwɛr]　(D) [hwal]

❸ 重組句子 world/the/is/the/animal/largest/The/in/whale.

____

❹ People ______________ a lot in the past decades.

(A) why　(B) which　(C) where　(D) whaled

Unit 48 x [ks] MP3 48

	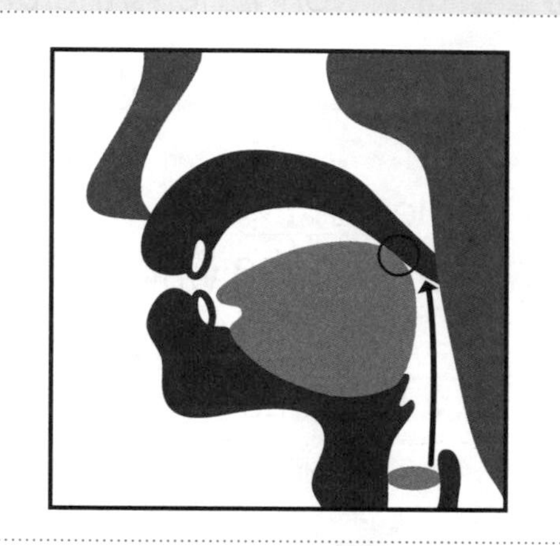
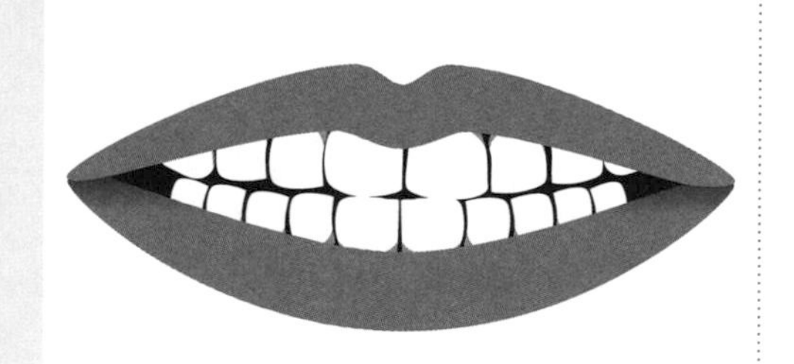	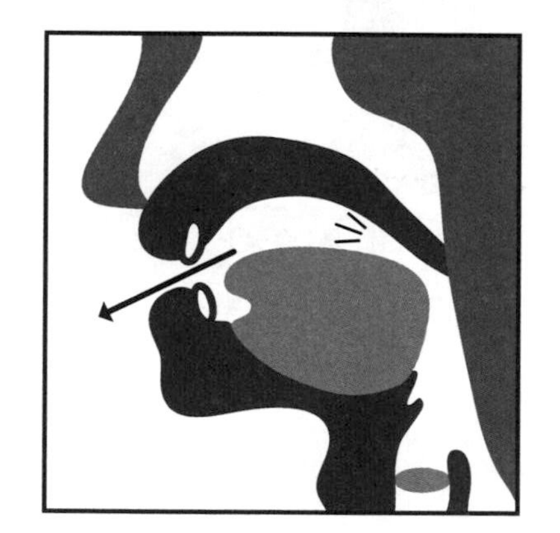
嘴型 上下嘴唇左右拉開， 上下排牙齒咬合。	**舌頭** 舌根頂住嘴巴上部。

發音要訣

子音 x 的發音為ㄎㄜˊㄙ，KK 音標為 [ks]。發這個音，先發 [k]，首先將舌根部位頂住嘴巴上部，將氣流堵住，然後迅速放下舌頭，讓氣流衝出。發這個聲，不振動聲帶，明顯感受到送氣。緊接著發 [s] 的音，將舌頭放在上牙齒後方，用力送氣，將氣流送出，發出牙齒的震動聲音，不振動聲帶。

Vocabulary 補給

- **box** *n.* 盒子 *v.* 裝盒
  The cat is in the box.
  那貓在盒子內。
  Please help me to box those candies.
  請幫我將那些糖果裝盒。

- **fox** *n.* 狐狸 *v.* 欺騙
  That fox is raised by Johnny.
  那隻狐狸被強尼養大。
  We are all foxed by the boy.
  我們都被那個男孩騙了。

- **X-ray** *n.* X 光 *v.* 用 X 光檢查 *adj.* X 光線的
  The doctor checks his chest with X-ray.
  醫師用 X 光檢查他的胸腔。
  A doctor suggests me to X-ray my lung.
  一位醫師建議我用 X 光檢查肺。

I need a doctor to explain the X-ray film for me.
我需要一位醫師為我解釋 X 光的片子。

- **annex** *v.* 附加

The application form is annexed to this document.
申請表附在本文件。

- **ox** *n.* 牛

The annex is the table of recent sales figure.
附件是最近銷售數字的表格。

The plural form of ox is oxen.
Ox 的複數形是 oxen。

- **ax** *n.* 斧頭 *v.* 用斧頭劈

The boss gave Ben an ax.
老闆解雇了 Ben。

This project needs to be axed.
這一個計畫需要被中止。

隨堂測驗

❶ 請找出 annex 中 x 的正確 KK 音標

(A) [s]　(B) [k]　(C) [ks]　(D) [tʃ]

❷ 找出發音不同的字

X-ray　fox　gas　ox

❸ I need a doctor to explain the X-ray film for me. 畫線字的詞性為

(A) 名詞 (B) 動詞 (C) 形容詞 (D) 副詞

❹ 連連看

ox

fox

box

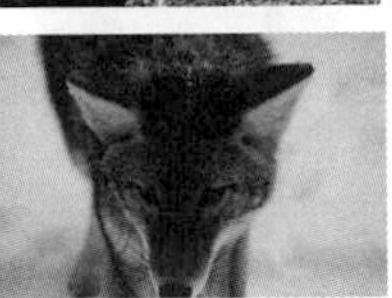

Unit 49 y [j]

MP3 49

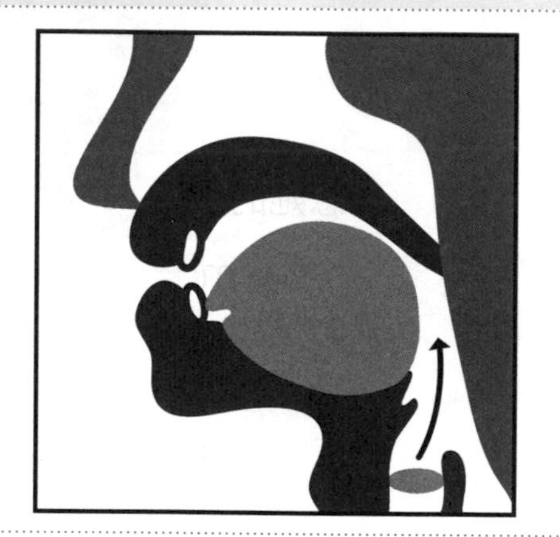

舌頭

舌頭抬高，懸空在口腔。

發音要訣

此發音方式類似母音，又稱為半母音。子音 y，有幾個不同的發音，分別於前面說明了。最後一個音，當 y 放在字的字首時，發音為ㄧㄝˋ，KK 音標為 [j]。發音時，舌頭抬高，往後微縮，氣流自口腔流出，震動聲帶。

Vocabulary 補給

- **yes** *n.* 同意 *v.* 贊成 *adj.* 是的

  Please give a yes to this idea.
  請贊成這個想法。

  Her parents yes to her proposal.
  她的父母同意她的計畫。

  Yes, she is my mother.
  是的，她是我媽媽。

- **yellow** *n.* 黃色 *v.* 變黃 *adj.* 黃色的

  Do not trespass the yellow line.
  不要越過黃色線。

  Trees are yellowing the fields.
  樹木變黃，染黃了大地。

  Jay bought a yellow coat yesterday.
  杰昨天買了一件黃色外套。

- **yo-yo** *n.* 溜溜球 *v.* 上下起落 *adj.* 上下起落的

  Jack likes to play yo-yo with friends.
  傑克喜歡和朋友玩溜溜球。

The ball was yo-yoed by those kids.
那些孩子上上下下拍著球玩。

▪ **yolk** *n.* 蛋黃
You have yolk on your lips.
你的嘴唇沾到蛋黃。

▪ **young** *n.* 青年們 *adj.* 年輕的
The young like traveling.
青年們喜歡旅遊。

The boy is too young to play soccer.
那男孩太小而不能打足球。

▪ **you** *pron.* 你；你們
You need to wash your hands before eating.
吃飯前你需要洗你的手。

隨堂測驗

❶ 請找出相同發音字

young (A) system (B) yes (C) beauty (D) my

❷ 填空：The y __ u __ __ like traveling.

❸ 猜字謎

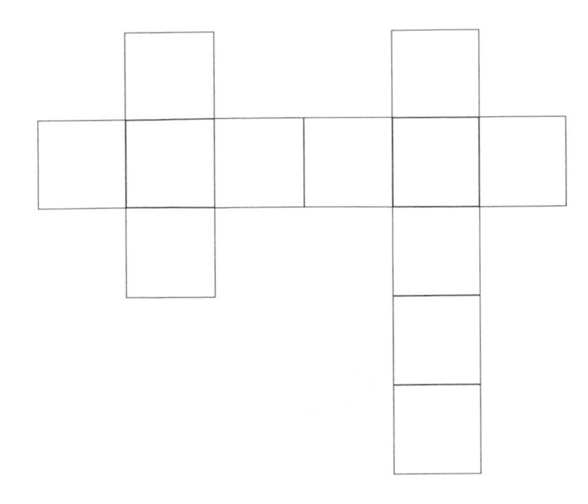

❹ 請寫出 yolk 的 KK 音標 [　　　　]

Unit 50 z [z] MP3 50

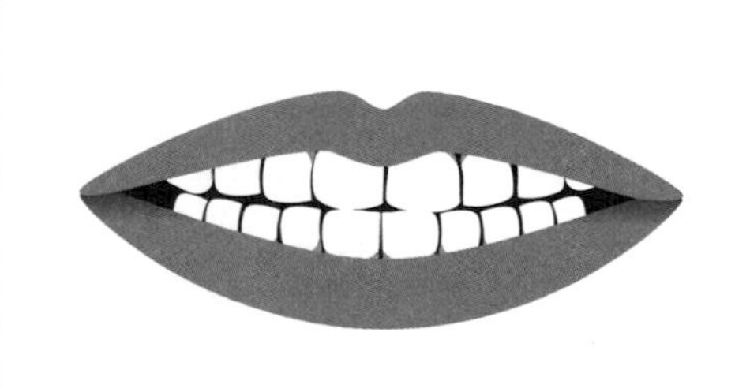	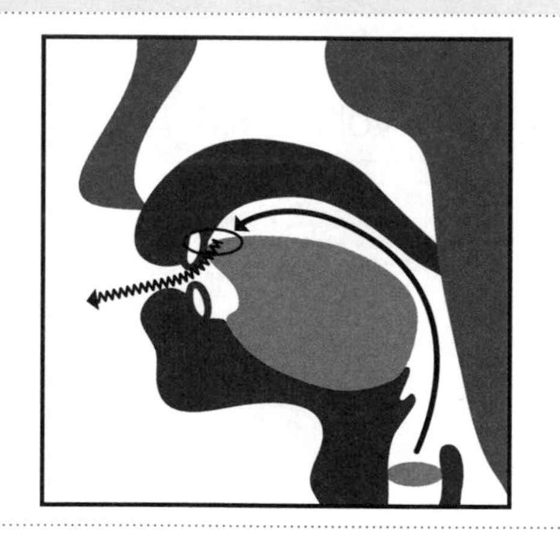
嘴型 上下嘴唇左右拉開， 上下排牙齒咬合。	**舌頭** 舌頭抵住上牙齒的後方。

發音要訣

最後一個字母，子音 z，發音類似為ㄖˋ，但不捲舌，KK 音標為 [z]。將舌頭放在上牙齒後方，用力送氣，將氣流送出，振動聲帶。

Vocabulary 補給

- **zoo** *n.* 動物園
  Jack's family went to the zoo this weekend.
  傑克一家人這周末去動物園。

- **buzz** *n.* 嗡嗡聲 *v.* 嗡嗡叫
  What's the buzz?
  發生甚麼事？

  The customer buzzed the clerk to serve her.
  那個客人用蜂鳴器叫店員服務。

- **zebra** *n.* 斑馬
  The zebra was chased by a cheetah.
  那斑馬被獵豹追。

- **zip** *n.* 拉鍊；尖嘯聲 *v.* 拉拉鍊
  The zip of my dress gets stuck.
  我衣服的拉鏈卡住了。

  Could you please zip up for me?
  請你幫我拉拉鏈？

▪ **zero** *n.* 零 *v.* 歸零 *adj.* 零的

There is one zero in 101.
101 這個數字有一個零。

You need to zero the scale before weighting.
你秤重前應將秤歸零。

I have zero thought on solving this problem.
我對如何解決這問題沒有任何想法。

▪ **zone** *n.* 地區 *v.* 分成區

Taiwan will be a peace zone in the future.
台灣在未來將成為一個和平區域。

This area is zone for organic farming.
這地區被劃成有機農業區。

隨堂測驗

❶ 請找出 zebra 中 z 的正確 KK 音標

(A) [ð] (B) [z] (C) [ʒ] (D) [tʃ]

❷ 請找出相同拼音的字

(A) zero (B) base (C) ox (D) buzz

❸ Taiwan will be a peace ____________ in the future.

(A) zero (B) zip (C) zoo (D) zone

❹ 找出六個相關字

q	p	w	e	r	t	y
k	i	l	p	o	i	u
j	z	e	b	r	a	e
h	e	g	f	d	n	s
v	r	c	x	o	z	a
b	o	o	z	z	u	b

Unit 51 字尾連音組合— tion [ʃən]

MP3 51

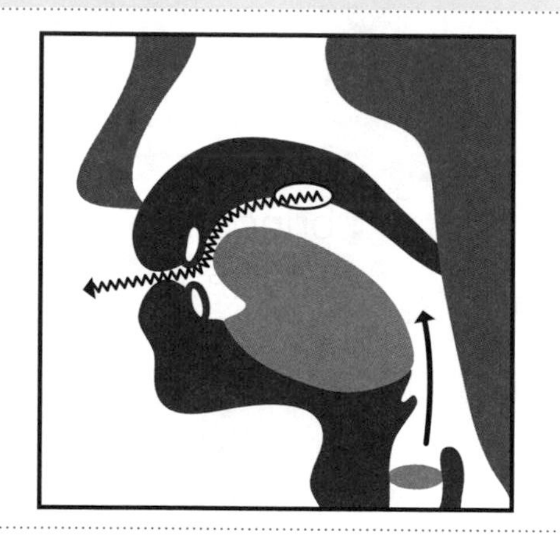

舌頭

舌位在口腔中間，舌頭往上緊縮，後放下。

發音要訣

這個由兩個母音，兩個子音所組合的字，發音為ㄒㄩㄣˋ，KK音標為 [ʃən]。發音時，先發 [ʃ]，舌位在口腔中間略往上緊縮，吹出氣流，發聲，此音不振動聲帶。然後緊接著發 [ən] 的音，舌位放下。

Vocabulary 補給

- **location** *n.* 場所

  Can you tell me your location?

  你可以告訴我你的地點嗎？

- **nation** *n.* 國家

  This song brings the whole nation together.

  這首歌將一國的國民緊緊繫在一起。

- **explanation** *n.* 解釋

  The light was turned off without explanation.

  燈在毫無解釋下被關閉。

- **taxation** *n.* 稅務

  Taxation is a system which government takes money from citizens.

  稅務是政府向公民徵收錢的系統。

Unit 52 字尾連音組合— ience [ləns]

MP3 52

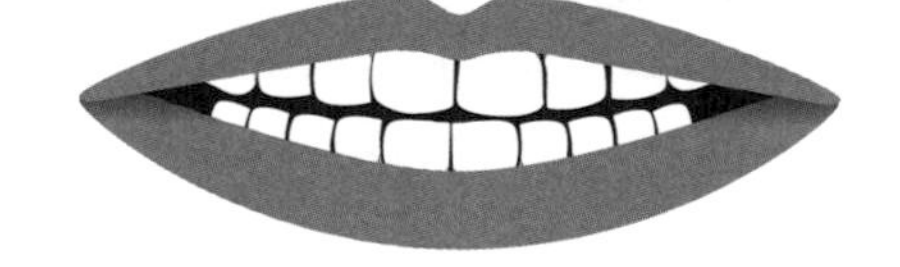

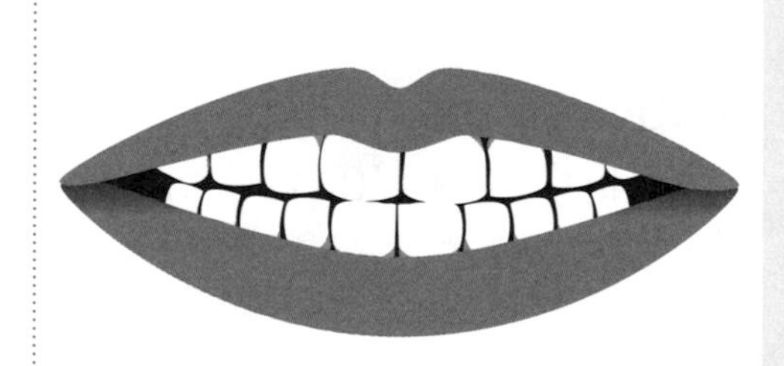

嘴型

嘴型向左右拉開，呈扁平。

舌頭

舌位先略向後縮，再放在上牙齒後方。

發音要訣

這個由三個母音及二個子音組合的音，發音為ㄧˋㄣ丶ㄙ，KK音標為 [ləns]。嘴型向左右拉開，呈扁平，舌位略向後縮，發 [l]，然後舌頭放平，發 [ən]，最後將舌頭放在上牙齒後方，用力送氣，將氣流送出，發出牙齒的震動聲音，不振動聲帶，發ㄙˋ。

Vocabulary 補給

- **conven*ience*** *n.* 方便

  There are many convenience stores in Taiwan.

  台灣有很多便利商店。

- **exper*ience*** *n.* 經歷 *v.* 體驗

  That was a wonderful experience.

  那真是很棒的經驗。

  I would like to experience bungee jumping.

  我想要體驗高空彈跳。

- **aud*ience*** *n.* 聽眾

  This book has a lot of audience.

  這本書有很多的讀者。

- **pat*ience*** *n.* 耐心

  It needs a lot of patience to take care of elders.

  照顧老人需要很大的耐心。

Unit 53 字尾連音組合— ture [tʃʊr]

MP3 53

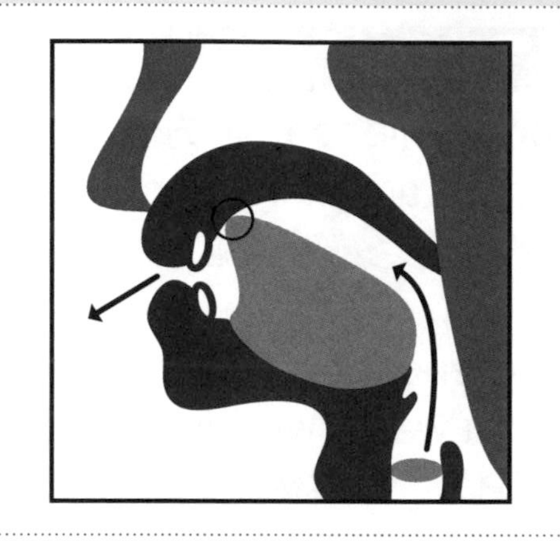

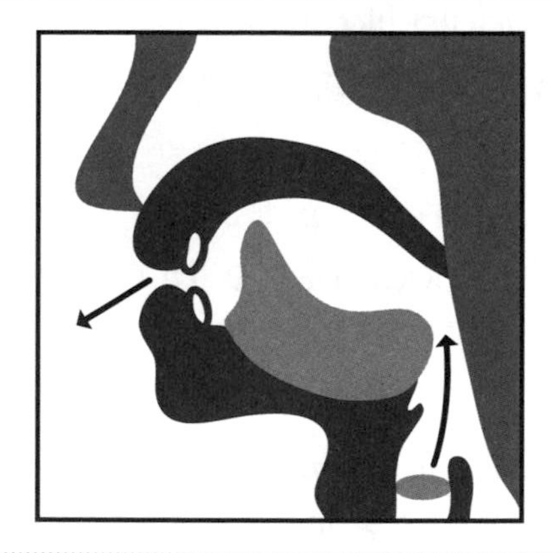

舌頭

先放牙齒上後方，後捲起舌頭。

發音要訣

兩個母音，兩個子音，ture 組合的字尾，發音為ㄑㄩˋㄦ，KK 音標為 [tʃʊr]。這個音要先發 [tʃ] 的音，舌頭放在上牙齒上方，讓氣流流出，發這個音不振動聲帶，但要送氣。然後，嘴唇嘟起，發ㄨˋ的音，緊接著捲起舌頭，發ㄦ的音。

Vocabulary 補給

- **adventure** *n.* 冒險 *v.* 探險

  Let's go for the adventure.
  讓我們去探險。

  Johnny adventures his life into polar areas.
  強尼到極地冒險。

- **capture** *n.* 捕獲 *v.* 俘虜

  The caterpillar played dead to escape the capture by the prey.
  那毛毛蟲裝死以逃過獵物的追捕。

  The police captured the thief last night.
  警察昨晚抓到那小偷。

- **future** *n.* 未來 *adj.* 將來的

  We look for a better future.
  我們期待更美好的未來。

  What is your future plan?
  你的未來計畫是甚麼？

Unit 54 字尾連音組合— sion [ʒən]

MP3 54

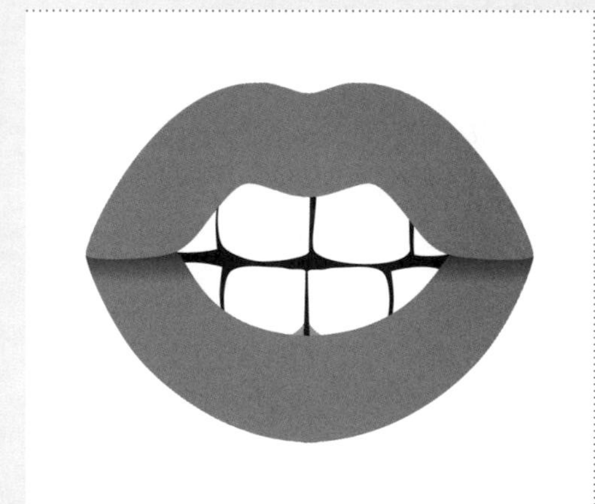

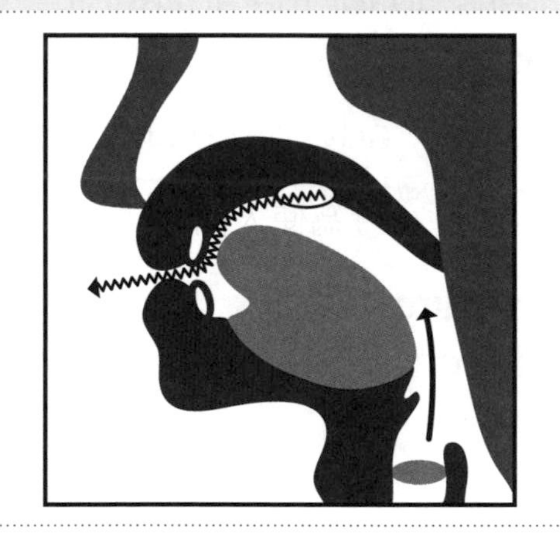

舌頭

舌頭在口腔中間，略緊縮。

發音要訣

兩個母音，兩個子音，sion 組合的字尾，發音為ㄖㄨㄩㄣˋ，KK 音標為 [ʒən]。舌位在口腔中間略往上緊縮，吹出氣流，並震動聲帶，發ㄖㄨㄩ，然後舌頭放平，發 [ən]。

Vocabulary 補給

- **vision** *n.* 視力
  The eye doctor checks kids' vision.
  眼科醫師檢查孩子們的視力。

- **elusion** *n.* 迴避
  The cat's elusion makes it hard to find.
  貓的迴避行為使人們很難找到它。

- **erosion** *n.* 腐蝕
  The shape of the rock is the result of erosion.
  石頭的形狀是侵蝕的結果。

- **television** *n.* 電視
  I will buy a new television.
  我將買一台新電視。

- **cohesion** *n.* 凝聚；結合
  The cohesion of his family is strong.
  他家人間的凝聚力很強。

Unit 55 字尾連音組合— tive [tlv]

MP3 55

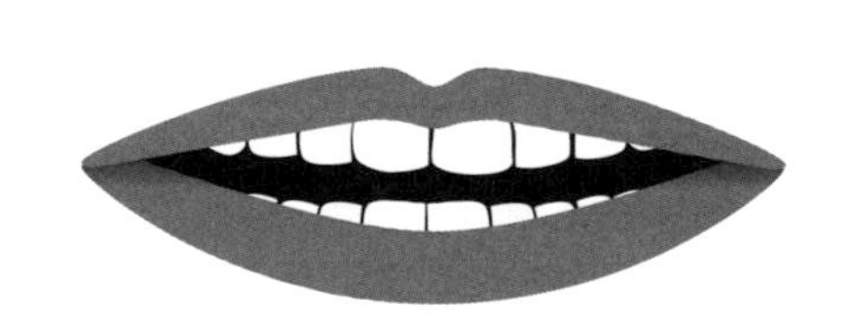

嘴型

嘴型成扁平，上下牙齒輕觸下唇。

舌頭

舌頭先堵在上牙齒後方，後迅速放下。

發音要訣

兩個母音，兩個子音，tive 組合的字尾，發音為ㄊㄧˋ，然後發 [v] 的音，KK 音標為 [tɪv]。發這個音，先發 [tɪ]，不震動聲帶，完全靠氣流衝出口腔，發出爆破聲，先將舌頭堵在上牙齒後方，迅速放下舌頭，送氣。然後，上牙齒輕觸下唇，不將氣流堵住，然後用力吹氣，但要振動聲帶，發出聲音 [v]。

Vocabulary 補給

- **native** *n.* 本國人 *adj.* 當地的

  We need a native to introduce this town.
  我們需要一位當地人介紹這個城鎮。

  Are you a native speaker?
  你是說母語的人嗎？

- **active** *adj.* 活潑的；主動的

  She is an active learner.
  她是個主動學習的人。

- **captive** *n.* 囚徒 *adj.* 被俘擄的

  There are two captives in the cell.
  在小囚房中有兩名囚犯。

  A captive animal is locked in the cage.
  一隻被俘擄的動物被鎖在籠子裡。

Unit 56 字尾連音組合— rian [rlən]

MP3 56

	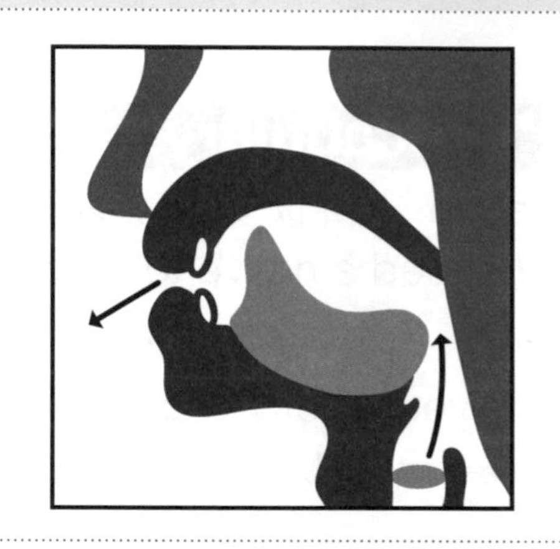
	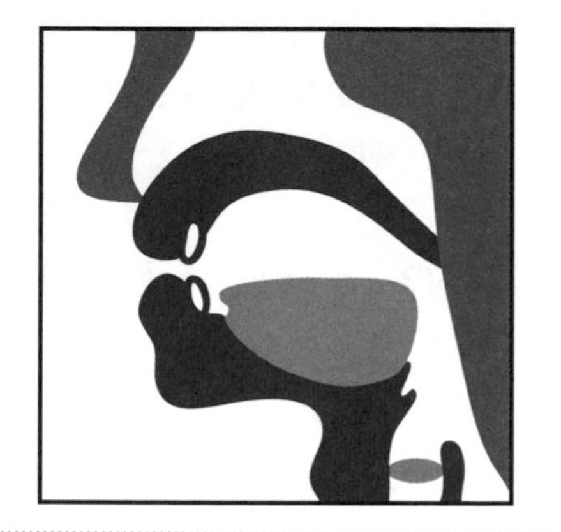
嘴型 嘴型呈圓形， 後上下唇左右拉開。	**舌頭** 舌頭先向上捲， 略向後縮，再放平。

發音要訣

兩個母音，兩個子音，rian 組合的字尾，發音為ㄖㄨㄧㄣ˙，KK 音標為 [rlən]。這個字的發音先發 r 的音，舌頭要向上捲，下巴微張，氣流經舌面流出，圓形嘴型，發音腔緊縮，震動聲帶，發ㄖㄨ，然後嘴型向左右拉開，呈扁平，舌位略向後縮，發 [I]，最後舌頭放平，發 [ən]。

Vocabulary 補給

- **vegetarian** *n.* 素食者 *adj.* 素食的

  Benny is a vegetarian.

  班尼是個素食者。

  Dannie was invited to attend a vegetarian party.

  丹妮被邀參加一個素食派對。

- **historian** *n.* 歷史學家

  Professor Hung is a historian.

  洪教授是個歷史學家。

- **aquarian** *n.* 寶瓶座生的人

  Morgan is an aquarian.

  摩根是個寶瓶座生的人。

- **Austrian** *n.* 奧地利人

  Ray is an Austrian.

  瑞是個奧地利人。

Part 3

劃分音節

再長的字我都不怕

1. 甚麼是音節？
2. 六種快速計算音節的方式
3. 接受考試「口說」的挑戰
4. 繞口令 Tongue Twister

有很多單字，不是只有一或兩個母音，面對相當長的字，對很多英文初學者造成很大困擾。不只如此，對很多專業人士，面對極長的拼湊字，像是醫學及化學專業字，字典並不提供 KK 音標，也讓很多人，無所適從，因此胡亂拼湊，在正式場合，貽笑大方。其實面對很長的字，若能將音節妥善劃分出來，每一音節回歸一個母音，唸短音，兩個母音及連音依照規則唸出，相信困難會迎刃而解。接下來，提供分享音節劃分的訣竅，不論初學或專業人士，都會幫您輕輕鬆鬆順利唸出來。慢慢您會發現，不用 KK 音標的標註，您也能説一口道地的美語囉！

? 甚麼是音節？

- 當發一個字的音時，音節數就是發母音（a, e, i, o, u）的次數。
- 子音「y」，可以視為母音，但只有在發母音（a, e, i, o, u）時，也就是發 [I] 及 [aI] 時，才能視為一個母音音節。
  例如：fry, try, cry, my, by 和 dry。
- 一些字有兩個（或多個母音）放一起，有一些字的母音是不發音的，像是雙母音表、母音組合及字尾連音組合。

雙母音表組合

a [e]		e [i]		i [aI]		o [o]		u [ju]	
a_e	bake	e_e	here	i_e	like	o_e	love	u_e	cute
ai	main	ee	leek	ie	pie	oa	coat	ue	value
		ea	eat						

母音組合

母音組合	發音	KK 符號	單字
ay	ㄟ、ㄧ	[e]	lay, ray
ey	ㄧ、	[i]	key
	ㄟ、ㄧ	[e]	grey
	ㄧ˙	[ɪ]	barley
igh	ㄞ、ㄧ	[aɪ]	high, might
oo	ㄨ˙	[ʊ]	book
	ㄨ、	[u]	moon
ou	ㄠ、ㄨ	[aʊ]	house
ow	ㄠ、ㄨ	[aʊ]	bow
	ㄡ、	[o]	low
ew	ㄨ、	[u]	crew
	ㄧ、ㄨ	[ju]	few
oi	ㄛ、ㄧ	[ɔɪ]	coin
oy	ㄛ、ㄧ	[ɔɪ]	soy
ui	ㄨ、	[u]	fruit
	ㄧ、ㄨ	[ju]	juice

字尾連音組合

-tion[ʃən]	-ience[ləns]	-ture[tʃʊr]
location	convenience	adventure
nation	experience	capture

-sion[ʒən]	-tive[tɪv]	-rian[rɪən]
vision	native	vegetarian
elusion	active	historian

· 當發音後，您聽到母音（a, e, i, o, u）的次數，就是音節數。

六種快速計算音節的方式

1.用聽的

(1) 說那個字。

(2) 你聽到 a, e, i, o, u 的個別發音次數。

(3) 這就是音節次數。

例如: beautiful→beau-ti-ful

2.碰下巴

(1) 把你的手放在下巴下面。

(2) 唸出那個字。

(3) 你的下巴碰到你的手背有多少次？

(4) 這就是音節次數。

例如: destination→des-ti-nation

3.拍拍手

(1) 拍手可以幫助你找音節數。

(2) 唸出那個字。

(3) 你聽到 a, e, i, o, u 的個別發音時拍一次手。

(4) 拍幾次手，這就是音節次數。

4.像機器人說話

⑴ 相信你自己是機器人。

⑵ 用機器人聲音唸這個字。

⑶ 注意你停頓的次數。

⑷ 看看你把字分成幾個部分？

例如：robot = ro 停頓 bot 兩個音節

5.寫的方式

⑴ 計算 a, e, i, o, u 在這個字的數目

① 當你看到 y 發母音 [I] 或 [aI]，每一次加 1 個音節。

② 一個無聲的母音減一個音節。（像是：字尾「e」是無聲的）

⑵ 遇到雙連音減 1，三連音減 2。

① 雙連音：當兩個母音只發出一個音（例如: law, boy, book）。

② 三連音：當三個母音只發出一個音（例如: precious）

⑶ 你計算出來的數字就是這個字的音節數。

6.Dannie 老師的獨門音節劃分規則

⑴ 一個母音一個音節。

⑵ 兩個子音在一起將子音分開，劃分成左、右音節。

例如：latter → lat-ter

⑶ 如果遇到雙母音及連音（母音組合、子音組合、混音組合），將雙母音或連音劃分在同一音節。

例如：chocolate → cho-co-late

母音組合

字中間			母音+r組合	字尾		
發音	KK 符號	單字		發音	KK 符號	單字
ㄚ丶ㄦ	[ɑr]	barley	ar	ㄦ	[ɚ]	beggar
ㄦ	[ɝ]	herself	er	ㄦ	[ɚ]	teacher
ㄦ	[ɝ]	bird	ir	ㄦ	[ɚ]	stir
ㄛ丶ㄦ	[or]	horse	or	ㄦ	[ɚ]	doctor
ㄦ	[ɝ]	hurt	ur	ㄦ	[ɚ]	fur

子音的發音組合

子音組合	KK 音標	單字	子音組合	KK 音標	單字
fr-	[fr]	fry	dr-	[dr]	dry
gr-	[gr]	green	fl-	[fl]	fly
br-	[br]	brake	gl-	[gl]	glass
cr-	[kr]	cry	bl-	[bl]	blare
pr-	[pr]	pray	cl-	[kl]	clean
tr-	[tr]	try	pl-	[pl]	please

子音組合	KK 音標	單 字
st-	[sd]	stick, stiff, stop, still
sp-	[sb]	spell, spill, spin, split
sch-	[sg]	school
sk-	[sg]	ski, skate

子音組合	發音	KK 音標	單 字
sh	ㄒㄩ˙	[ʃ]	ship, shell,
ch	ㄑㄩ˙	[tʃ]	church, chance
wh	ㄏㄨㄛ˙	[hw]	what, when
ph	ㄈㄜ˙	[f]	phone, graph
ck	ㄎㄜ˙	[k]	clock, duck
ng	ㄣ˙	[ŋ]	sing, ring
th	---	[θ] [ð]	three, smooth these, that
dge	ㄐㄩ˙	[dʒ]	edge, bridge

子音組合	發音	KK 音標	單 字
psy	ㄙㄞˋ（p 不發音）	[saɪ]	psychology, psychic
wr	ㄖㄜ˙（w 不發音）	[r]	write, wrong
kn	ㄋㄜ˙（k 不發音）	[n]	knee, know
mb	---（b 不發音）	[m]	comb, thumb

小試身手

❶ develop ____________ ❺ cheap ____________

❷ helmet ____________ ❻ theme ____________

❸ sightseeing ____________ ❼ console ____________

❹ judge ____________ ❽ department ____________

進階字練習

例如：philosophy 哲學
phi-lo-so-phy

❶ identification 身分證明 ____________________

❷ seashell 貝殼 ____________________

❸ topographical 地誌學 ____________________

❹ pharmaceutical 藥學的 ____________________

❺ hypertension 高血壓 ____________________

❻ compartment 分隔 ____________________

❼ supercalifragilisticexpiadocious 好 ____________________

接受考試「口說」的挑戰 MP3 57

很多英文能力測試，「口説」的能力測驗，都會請你唸一段英文，具備自然發音的知識，就可以讓你在考場，看到不認識的單字，也可以從容就試，所向無敵了。接下來就讓我們試試以下測驗題型：

請先利用 1 分鐘的時間閱讀下面的短文，然後在 2 分鐘內以正常的速度，清楚正確的朗讀下面的短文。

I am writing to you to say how much I love your program. I never miss it. It's the most wonderful program that has ever been put on TV. Nearly all of my classmates watch it, and as for the people who don't like it, I can't see what there is to complain about. Most of the actors are outstanding. I think you should make it a long-running series.

• • •

Humor is important. Every speech needs it, and we need it too. Many professional speakers want a joke at the beginning of their speeches because they need the quick victory of laughter. It helps them relax. It also helps the audience relax.

• • •

According to the report from the Environmental Protection Administration (EPA), Taiwan generated about 8.9 million tons of garbage in 1997, an average of 24,000 tons a day. In fact, the amount of waste disposal in Taiwan has grown 6 percent per year over the last ten years. Taiwan is facing a garbage problem that is becoming more and more serious.

摘錄自: https://www.gept.org.tw/Exam_Intro/down02.asp 全民英檢網模擬試題

繞口令Tongue Twister MP3 58

繞口令是個很好學習發音的資源，網路上有相當多資源，特別節錄部分繞口令，供大家練習，您準備好來一段英文的「不吃葡萄，要吐葡萄皮，要吃葡萄，不吐葡萄皮」了嗎？Have fun!

❶ The child eats chocolate chip cookies for lunch.

❷ Rick kicks the stick and Jack packs the sack.

❸ The knight climbs into the psychic's house.

❹ The fox chases the cat into the tub.

❺ Betty Botter had some butter,
"But," she said, "this butter's bitter.
If I bake this bitter butter,
it would make my batter bitter.
But a bit of better butter-
that would make my batter better."
So she bought a bit of butter,
better than her bitter butter,
and she baked it in her batter,
and the batter was not bitter.
So 'twas better Betty Botter

bought a bit of better butter.

❻ She sells seashell on the seashore. The shells she sells are surely seashells. So if she sells shells on the seashore, I'm sure she sells seashore shells.

❼ I wish to wish the wish you wish to wish, but if you wish the wish the witch wishes, I won't wish the wish you wish to wish.

❽ Bobby Bippy bought a bat. Bobby Bippy bought a ball. With his bat Bob banged the ball. Banged it bump against the wall. But so boldly Bobby banged it. That he burst his rubber ball "Boo!" cried Bobby. Bad luck ball. Bad luck Bobby, bad luck ball. Now to drown his many troubles. Bobby Bippy's blowing bubbles.

附錄 隨堂練習解析

Part 2

Unit 1 a [æ]

❶ 請選出發音相同的字

mat [æ]　(A) bag [æ]　(B) banana [ə]　(C) take [e]

答案：(A)

❷ 請連出正確 KK 音標之英文字

mat　　[‘æpəl]

bag　　[mæt]

apple　　[bæg]

❸ 選出發音不同的字

at [æ]　elephant [ə]　bag [æ]　mat [æ]　cat [æ]

答案：elephant

❹ 選出句子 She wears a hat.中 hat 的詞性：

(A) 名詞　(B) 動詞　(C) 形容詞　(D) 介系詞

答案：(A) 名詞

Unit 2 a [ə]

❶ 請找出發音不同者

apart [ə]　abbey [ə]　apple [æ]　dialect [ə]

答案：apple

❷ 請寫出 banana 的 KK 音標

答案：[bə'nænə]

❸ 請連連看

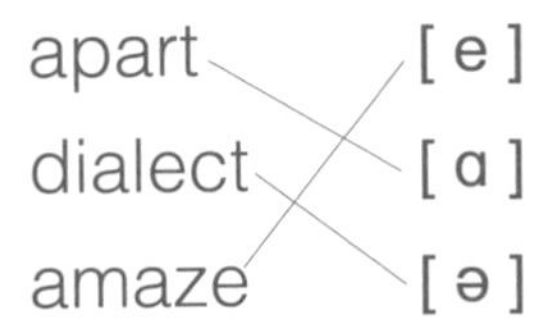

❹ 填字遊戲

答案：

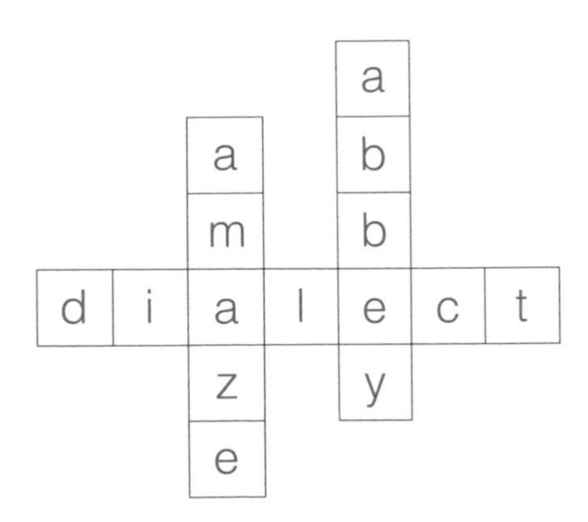

Unit 3 a_e [e]

❶ 請標出 amaze 的 KK 音標

答案：[ə'mez]

❷ 請找出拼錯的字

(A) jade (B) ape (C) bebe

答案：(C) 正確是 baby

❸ 請找出發音不同的字

baby [e] amaze [e] apple [æ] ape [e]

答案：apple [æ]

❹ 請問句子 Don't ape his misdeed. 中「ape」是何詞性？

(A) 名詞 (B) 形容詞 (C) 動詞

答案：(C) 動詞

Unit 4 ai [e]

❶ 重組字 a n r i d

答案：drain

❷ 請寫出 KK 音標 [bren] 的英文字

答案：brain

❸ 請圈出發音相同的字

brain　wade　name　hat

答案：brain　wade　name

❹ 連連看

答案：

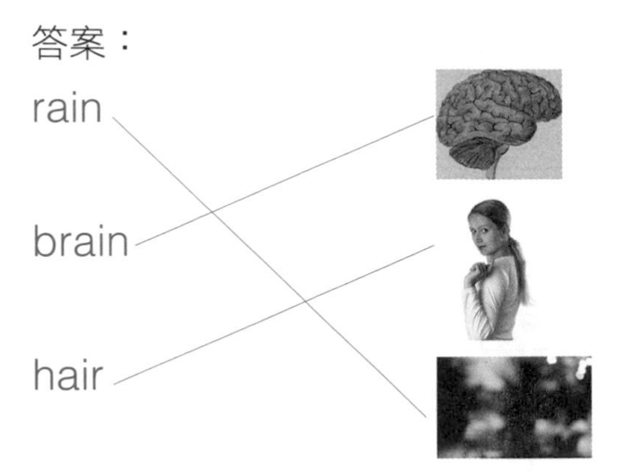

Unit 5 ar [ɑr]

❶ 選出發音相同的字

bark [ɑr]　(A) horse [ɔr]　(B) beggar [ɚ]

(C) star [ɑr]　(D) teacher [ɚ]

答案：(C)

❷ 請寫出 beggar 的音標　[　　　　]

答案：[ˈbɛgɚ]

❸ Mary was beggared by her luxury living style. 請問句中的 beggar 是甚麼詞？

(A) 名詞　(B) 動詞　(C) 形容詞　(D) 副詞

答案：(B)

❹ 請重組 earltuirc ____________

答案：reticular

Unit 6 au / aw [ɔ]

❶ 請拼出漏掉的字 ___ ___ g ___ st

答案：august

❷ 答案：

					a
l				e	u
a	u	g	u	s	t
w				u	u
l	a	w	n	a	m
		r		p	n
			d		

❸ 請填上單字 The crops harvest on ____________ equinox.

答案：autumn

❹ 連連看，找出字的正確音標

答案：

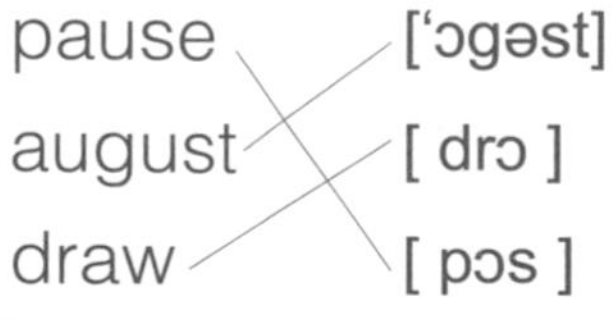

Unit 7 ay [e]

❶ 選出不同音字

hay [e]　boy [ɔɪ]　clay [e]　tray [e]

答案：boy [ɔɪ]

❷ 連連看

答案：

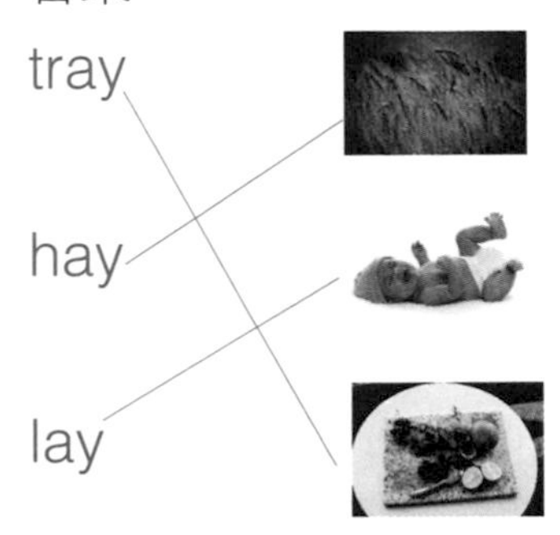

❸ 請選出正確字

All work and no ______ makes Jack a dull boy.

(A) clay 黏土　(B) hay 稻草　(C) play 玩耍　(D) tray 盤子

答案：(C)

❹ 請寫出 kk 音標為 [tre] 的字 ______

答案：tray

Unit 8 b [b]

❶ 找出不同音

mob [b]　bend [b]　thumb 不發音　baby [b]

答案：thumb

❷ 請選出發音相同的字

mob [b]　(A) comb 不發音　(B) knob [b]

(C) dog [d]　(D) good [d]

答案：(B)

❸ Do you need a baby cradle in your room? 請問 baby 的詞性為何？

(A) 名詞　(B) 動詞　(C) 形容詞　(D) 副詞

答案：(C)

❹ Jaline was

(A) mobbed　(B) knob　(C) bended　by her fans.

答案：(A)

Unit 9　c / ck / k [k]

❶ 選出不同音字（複選）

clock [k]　(A) cat [k]　(B) church [tʃ]

(C) dock [k]　(D) city [s]

答案：(B) 和 (D)

❷ 請重組英文字 olcck ____________

答案：clock

❸ 填字遊戲

答案：

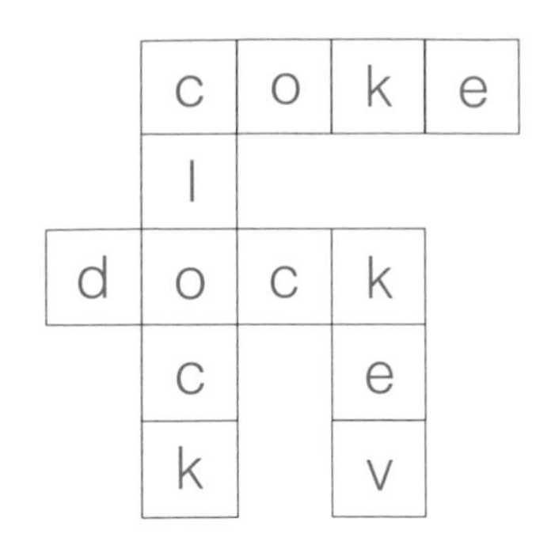

❹ 請寫出 look 的 KK 音標　[　　　　]

答案：[lʊk]

Unit 10 c [s]

❶ 請重組字

ycebilc ____________

答案：bicycle

❷ 請寫出 KK 音標 [æk'sɛpt] 的英文字 ____________

答案：accept

❸ 找出畫底線字的 KK 音標

niece　(A) [s]　(B) [c]　(C) [k]

答案：(A)

PART 1
PART 2
PART 3
附錄

❹ 請找出以上的六個單字

答案：

	b			N	a	n	c	y
	n	i	e	c	e			
			c	i	t	e		
		e		y	o			
	p	y	t	i	c			
t						l		
							e	

Unit 11 ch [tʃ] 或 [k]

❶ 請根據 KK 音標，拼出原字 [ˈtʃæptɚ] 原字為 ____________

答案：chapter

❷ 找出發音不同字

(A) Psychology (B) chocolate (C) chapter (D) church

答案：(A)

Unit 12 d [d]

❶ 選出相同發音

good [d] (A) dive [d] (B) bob [b] (C) thumb（不發音）(D) bird [b]

答案：(A)

❷ Her voice is like the ____________ of heaven.

(A) drink (B) dog (C) sound (D) dive

答案：(C)

❸ 請寫出 sound 的 KK 音標 [ ]

答案：[saʊnd]

❹ 連連看

答案：

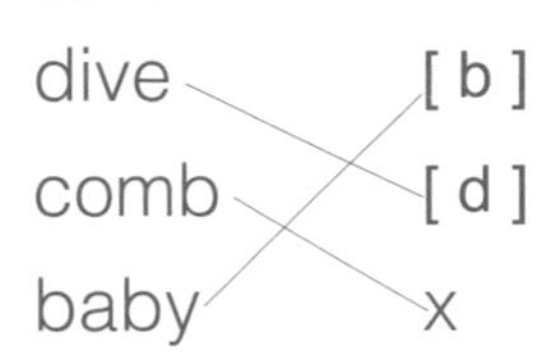

Unit 13 dge [dʒ]

❶ 找出不同發音的字

(A) fudge (B) hedge (C) hide (D) edge

答案：(C)

❷ 找出 fridge 正確的 KK 音標

(A) [d] (B) [b] (C) [dʒ] (D) [g]

答案：(C)

❸ 請重組英文字 ifregd ____________

答案：fridge

❹ 連連看，找出正確的 KK 音標

答案：

badge — [bædʒ]

edge — [ɛdʒ]

hedge — [hɛdʒ]

Unit 14 e[ɛ]

❶ 找出不同音

men [ɛ]　bed [ɛ]　key [i]　red [ɛ]

答案：key

❷ 選出相同發音的字

bed [ɛ]　(A) man [æ]　(B) elf [ɛ]　(C) rode [o]　(D) fade [e]

答案：(B)

❸ Children should go to ___________ earlier.

答案：bed

❹ 找出六個相關字

				y	
	g		r	e	d
		g	b	s	
		n	e	m	
		l	d		
	f				

Unit 15 ea / ee / e_e [i]

❶ 選出發音不同的字

heat [i] (A) eve [i] (B) tree [i] (C) like [aI] (D) week [i]

答案：(C)

❷ 連連看

答案：

tree

eve

eat

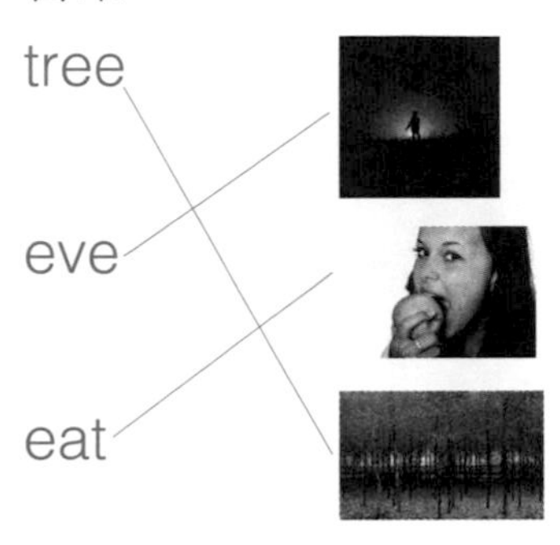

❸ The sun gives off the heat. 請問 heat 的詞性是

(A) 名詞 (B) 動詞 (C) 形容詞 (D) 副詞

答案：(A)

❹ 請寫出 gene 的 KK 音標 [ ]

答案：[dʒin]

Unit 16 er [ɚ]

❶ 找出發音不同字

teacher [ɚ] beggar [ɚ] visitor [ɚ] waiter [ɚ] hard [ɑr]

答案：hard

❷ 字謎

答案：

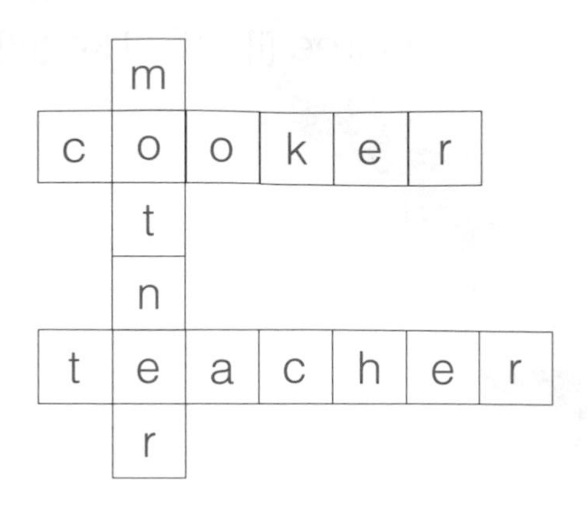

❸ 請填入空白處 t_ _ c _ e _

答案：teacher

❹ The ____________ won a hearty ovation.

答案：singer

Unit 17 ew [u] / [ju]

❶ 找出發音不同的字

(A) dew [ju] (B) few [ju] (C) flew [u] (D) new [ju]

答案：(C)

❷ The ____________ on the leaves is beautiful.

(A) few (B) dew (C) crew (D) brew

答案：(B)

❸ 連連看

答案：

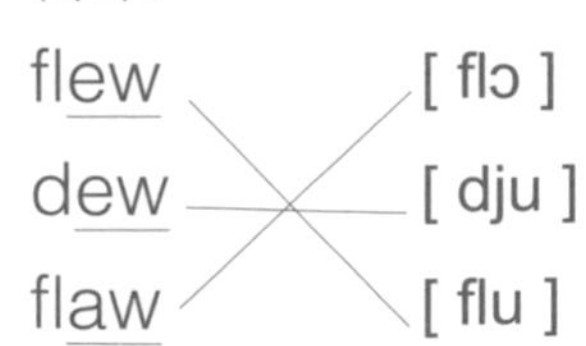

❹ There are ____________ birds in the park.

(A) crew (B) dew (C) brew (D) few

答案：(D)

Unit 18 f / ph [f]

❶ 請拼出 elephant 的 KK 音標 [ ]

答案：[ɛləfənt]

❷ 找出不同發音的字

(A) elephant [f] (B) photo [f] (C) father [f] (D) light 不發音

答案：(D)

❸ 請重組英文字 efhatr ____________

答案：father

❹ These ________ were taken by a famous photographer.

答案：photos

Unit 19 g [g]

❶ 請拼出 KK 音標 [glʌv] 的字 ____________

答案：glove

❷ 找出相同發音字（複選）

glove [g]　(A) edge [dʒ]　(B) goat [g]

(C) gender [dʒ]　(D) dog [g]

答案：(B) 和 (D)

❸ 連連看

答案：

❹ 請選出畫線字的詞性 The project can make good to the company.

(A) 名詞　(B) 動詞　(C) 形容詞　(D) 副詞

答案：(A)

Unit 20 g / j [dʒ]

❶ 請選出發音相同的字

jelly [dʒ]

(A) yellow [j]　(B) orange [dʒ]　(C) goat [g]　(D) my [aI]

答案：(B)

❷ The fruit j _ _ ly you made is awesome.

答案：jelly

❸ 連連看

答案：

giraffe —— [dʒ]

jump —— [dʒ]

goat —— [g]

❹ 字謎

答案：

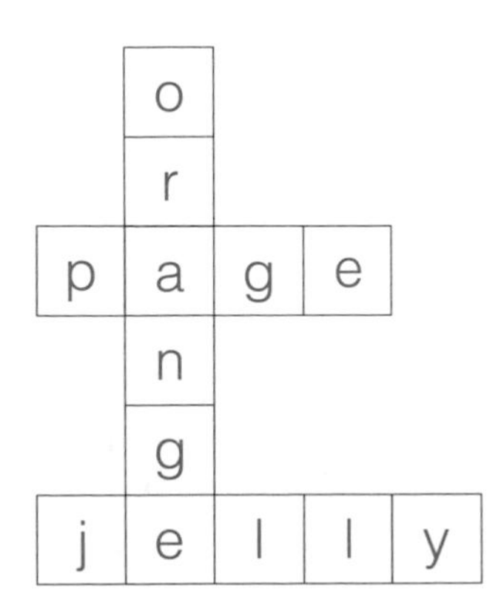

Unit 21 gh [f]

❶ 找出發音不相同的字

trough [f]　(A) tough [f]　(B) phone [f]

(C) face [f]　(D) queen [kw]

答案：(D)

❷ 重組英文字 hoegun ____________

答案：enough

❸ 請寫出 [kɔf] 的英文字 ____________

答案：cough

❹ The poor man doesn't have ____________ money.

(A) rough　(B) trough　(C) laugh　(D) enough

答案：(D)

Unit 22 h [h]

❶ 請填上字謎

答案：

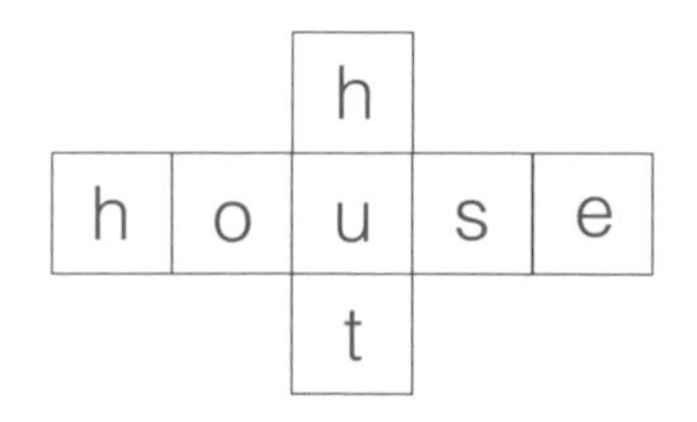

❷ 連連看

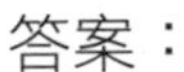

答案：

❸ 請寫出 happy 的 KK 音標 [ ]

答案：[`hæpɪ]

❹ 請選出句子 Julia <u>hammed</u> up her role in the show.畫線字的詞性。

(A) 名詞 (B) 動詞 (C) 形容詞 (D) 副詞

答案：(B)

Unit 23 i / y [I]

❶ 請標出 system 的 KK 音標 [ ]

答案: [sIstəm]

❷ 找出發音不同者

city [I] fix [I] hide [aI] busy [I]

答案：hide

❸ The live concert will be held in ___________ hall.

答案：city

❹ 重組英文字 ariyn ___________

答案：rainy

Unit 24 i / y [aI]

❶ 選出發音相同的字

time [aI] (A) high [aI] (B) system [I]

(C) beauty [I] (D) tin [I]

答案：(A)

❷ 請填上字謎

答案：

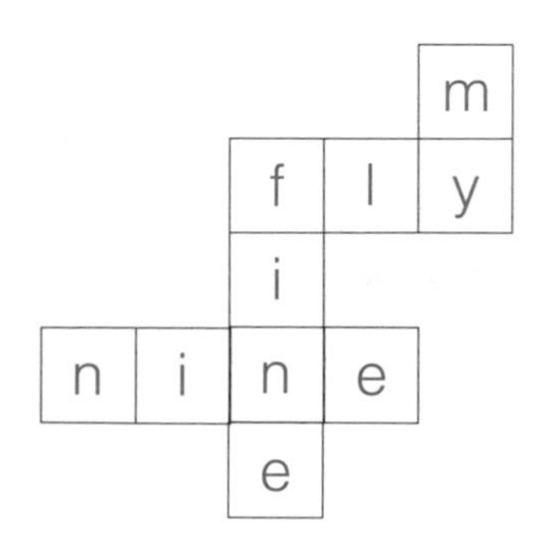

❸ How much I wish I could ___________.

(A) nine (B) fly (C) time (D) fine

答案：(B)

❹ 請寫出 nine 的 KK 音標 [ ]

答案：[naIn]

Unit 25 ir / ur [ɝ]

❶ 請找出 KK 音標 [pɝs] 的字 ___________

答案：purse

❷ 連連看

答案：

girl — [gɝl]
nurse — [nɝs]
bird — [bɝd]

❸ The baby is nursing in her mother's arms.

句中畫線字的意思是甚麼？

(A) 護士 (B) 照顧 (C) 餵奶 (D) 睡覺

答案：(B)

❹ 請寫出 [dɝtI] 的英文字 ___________

答案：dirty

PART 1 PART 2 PART 3 附錄

Unit 26 kn [n]

❶ Please ____________ the door when you come.

答案：knock

❷ 找出發音不同字

knob [n] night [n] know [n] kick [k]

答案：kick

❸ 重組字 gkhnti ____________

答案：knight

❹ He kneels down to beg her forgiveness. 畫線字的詞性。

(A)名詞 (B) 動詞 (C) 形容詞 (D) 副詞

答案：(B)

Unit 27 l [l]

❶ 找出發音相同的字

lake（ㄌㄜ˙）

(A) coil（ㄦ） (B) beloved（ㄌㄜ˙）

(C) soil（ㄦ） (D) tell（ㄦ）

答案：(B)

❷ 重組句子

Hill / house / on / The / stands / the.

____

答案：The house stands on the hill.

❸ The dog is on the ________.

(A) like (B) oil (C) leash (D) love

答案：(C)

❹ 找出上列六個字

		h	i	l	l
		l	i	k	e
b				v	a
	i		o		s
		l			h
	i		l		
o					

Unit 28 m[m]

❶ 請找出相同發音的字

room [m] number [m] RAM [m] no [n]

mother [m]（ㄇㄜˋ）

答案：room, number, RAM

❷ 選出 mouth 的發音

(A) [n]　　(B) [m]　　(C) [w]　　(D) [v]

答案：(B)

❸ 連連看

答案：

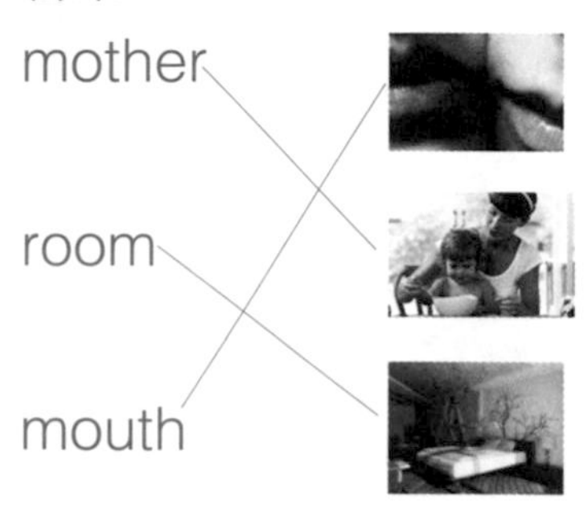

❹ 請寫出 mother 的 KK 音標　[　　　]

答案：[mʌðɚ]

Unit 29 n [n]

❶ 請寫出 nurse 的 KK 音標　[　　　]

答案：[nɝs]

❷ 重組句子 day / hen / The / an / lays / every / egg.

答案：The hen lays an egg every day.

❸ 找出不同發音字（複選）

nurse（ㄋㄜˋ）

(A) no（ㄋㄜˋ）　(B) man（恩）

(C) lend（恩）　(D) nut（ㄋㄜˋ）

答案：(B) 和 (C)

❹ 連連看

答案：

Unit 30 ng [ŋ]

❶ 請重組下列字

giornmn ____________

答案：morning

❷ The container was hung by a sling.畫線字的詞性為

(A)名詞　(B) 動詞　(C) 形容詞　(D) 副詞

答案：(A)

❸ 連連看

bang — [bæŋ]

along — [ə'lɔŋ]

cling — [klɪŋ]

❹ Maggie joins the school ____________.（合唱團）

答案：sing

Unit 31 o [ɑ]

❶ 寫出 ['ɑktəpəs] 的英文字 ____________

答案：octopus

❷ 重組句子 man / house / The / cock / a/his / raised / old / in.

____

答案：The old man raised a cock in his house.

❸ 連連看

答案：

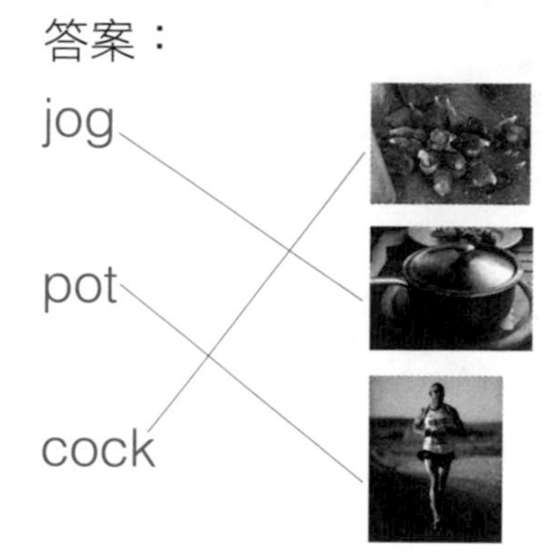

❹ 請填上字謎

答案：

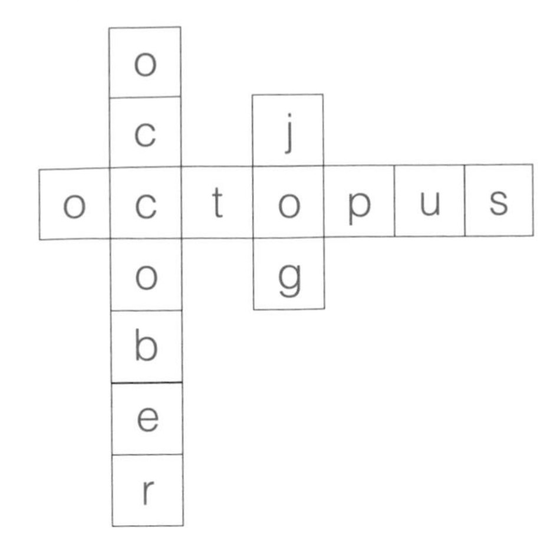

Unit 32 oa / o_e [o]

❶ 請找出相同發音

love [o]　(A) toad [o]　(B) hot [ɑ]

(C) book [ʊ]　(D) cow [aʊ]

答案: (A)

❷ 請填上空缺字 t _ _ d

答案：toad

❸ 連連看

答案：

toad —— [a]

love —— [o]

cock —— [a]

❹ Do not ____________ with him, he is a serious man.

答案：joke

Unit 33 oi / oy[ɔI]

❶ 請拼出下列 KK 音標之字

[Indʒɔl] ____________

答案：enjoy

❷ 找出不相同發音

coin [ɔI] boy [ɔI] joy [ɔI] love [o]

答案：love

❸ 請重組 yjeon ____________

答案：enjoy

❹ The ____________ is good for organic farming.

(A) oil (B) boy (C) coin (D) soil

答案：(D)

Unit 34 oo [ʊ] / [u]

❶ 請找出發音不同的字

book [ʊ] moon [u] school [u] tooth [u]

答案：book

❷ I have a good English ability. 畫線字的詞性為

(A)名詞 (B) 動詞 (C) 形容詞 (D) 副詞

答案：(C)

❸ 請寫出 tooth 的 KK 音標 [ ]

答案：[tuθ]

❹ Nancy has just left the ___________.

(a) tooth (B) book (C) moon (D) school

答案：(D)

Unit 35 ou / ow [aʊ]

❶ 找出不同發音的字

(A) town [aʊ] (B) out [aʊ] (C) low [o] (D) lousy [aʊ]

答案：(C)

❷ 請重組句字 the / drove / track / out / He /of.

答案: He drove out of the track.

❸ 連連看

答案：

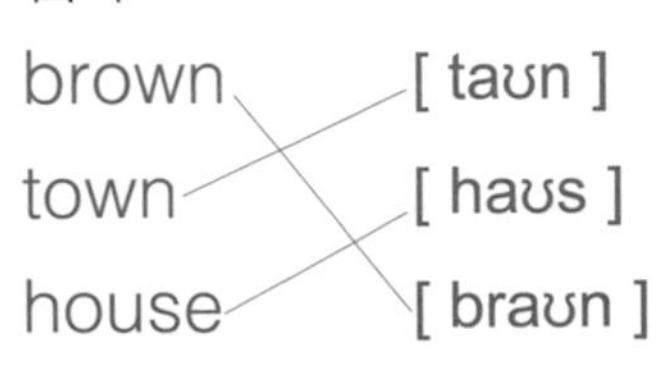

❹ He drove out of the track. 畫線字的詞性為

(A)介系詞　(B) 動詞　(C) 形容詞　(D) 副詞

答案：(A)

Unit 36 p [p]

❶ 請寫出 purple 的 KK 音標 [　　　]

答案：[pɝpl]

❷ Are you h__p__y? 請填入空格

答案：happy

❸ 請填上字謎

答案：

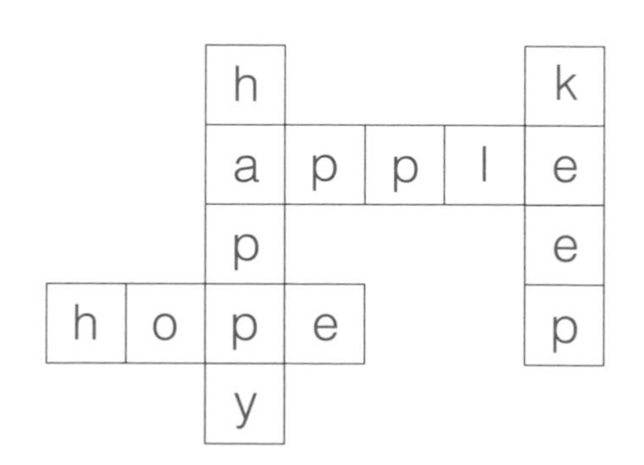

❹ 請重組英文字 uepprl ________

答案：purple

Unit 37 qu [kw]

❶ 請重組下列字

iqyatlu ____________

答案：quality

❷ The building was destroyed by e__r__hq__ __a__e.

答案：earthquake

❸ Johnson runs as quick as a horse. 畫線字的詞性為

(A) 名詞 (B) 動詞 (C) 形容詞 (D) 副詞

答案：(D)

❹ 重組句子 Britain/the/Elizabeth/queen/II/is/of.

____

答案：Elizabeth II is the queen of Britain.

Unit 38 r [r]

❶ 請找出發音不同的字

hear（ㄦ） car（ㄦ） right（ㄖㄜˋ） ear（ㄦ）

答案：right

❷ Please turn ____________ after you see the traffic light.

(A) red (B) hear (C) ring (D) right

答案：(D)

PART 1 PART 2 PART 3 附錄

❸ 連連看

答案：

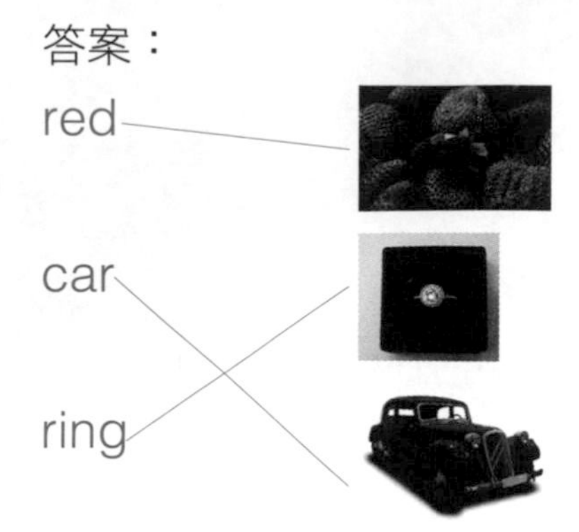

❹ 重組英文字 trghi　答案：right

Unit 39 s [s]

❶ 請重組下列字 ritsse　答案：sister

❷ One of the desk drawers is damaged. 畫線字的詞性為

(A)名詞　(B) 動詞　(C) 形容詞　(D) 副詞

答案：(A)

❸ 連連看

答案：

❹ 找出相關六個字

答案：

				s		
		n		i		
	p	u	r	s	e	
		r		t		
		s	d	e	s	k
	o	e		r	i	
n					n	
					g	

Unit 40 sh [ʃ]

❶ 請標出 seashell 的 KK 音標

答案：[siʃɛl]

❷ Anny has just bought a pair of ___________.

(A) ship (B) shorts (C) seashell (D) share

答案：(B)

❸ seashell

(A) [ʃ] (B) [tʃ] (C) [j] (D) [ʒ]

答案：(A)

❹ 連連看

答案：

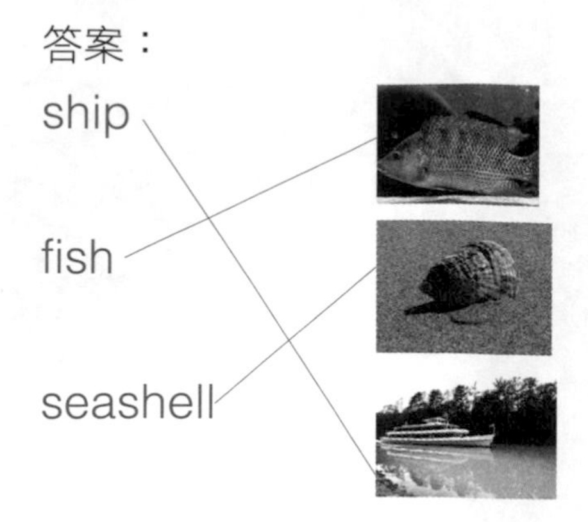

Unit 41 t [t]

❶ 請拼出 KK 音標 [dɑktɚ] 的字

答案：doctor

❷ 重組英文字 naawTi ______________

答案：Taiwan

❸ 猜字謎（四個字）

答案：

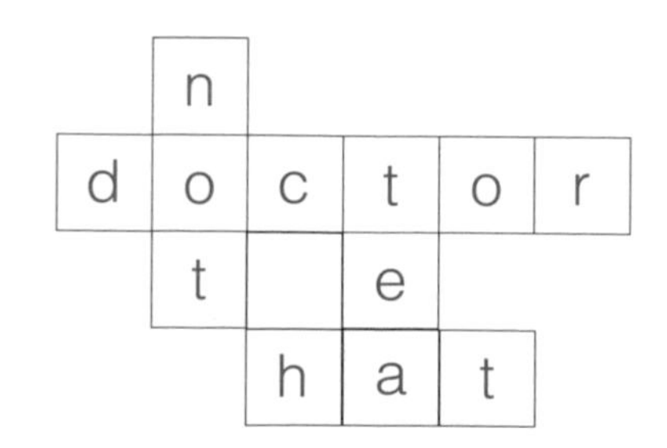

❹ 重組句子 see / need / doctor / You / to / a.

____

答案：You need to see a doctor.

Unit 42 th [θ] / [ð]

❶ 重組單字 tmhno ____________

答案：month

❷ 找出發音不同的字

(A) think [θ]　(B) three [θ]

(C) tooth [θ]　(D) smooth [ð]

答案：(D)

❸ Three little boys are playing in the park. 畫線字的詞性為

(A)名詞　(B) 動詞　(C) 形容詞　(D) 副詞

答案：(C)

❹ 請寫出 thirsty 的 KK 音標 [　　　]

答案：[ˈθɝstɪ]

PART 1

PART 2

PART 3

附錄

Unit 43 u [ʌ]

❶ 找出發音不相同者

up [ʌ]　(A) but [ʌ]　(B) cute [ju]

(C) hut [ʌ]　(D) sun [ʌ]

答案：(B)

❷ 重組句子 good / mum / is / cook / My / a.

____

答案：My mum is a good cook.

❸ 請寫出 but 的 KK 音標 [　　　]

答案：[bʌt]

❹ 找出相關六個字

答案：

	s	b	c
	h	u	t
	p	t	n
m	u	m	

Unit 44 ue / u_e [ju]

❶ 找出不同發音者

amuse [ju]　mute [ju]　mum [ʌ]　cute [ju]　hue [ju]

答案：mum

❷ 重組英文字 smeau ___________

答案：amuse

❸ The letter "y" in "lay" is ___________.

(A) hue　(B) mute　(C) value　(D) cute

答案：(B)

❹ This medicine can cure malaria.畫線字的詞性為

(A)名詞　(B) 動詞　(C) 形容詞　(D) 副詞

答案：(B)

Unit 45 v [v]

❶ 請寫出 eleven 的 KK 音標

答案：[I'lɛvən]

❷ He moved his furniture in a ___________.

(A) vase　(B) five　(C) van　(D) very

答案：(C)

❸ 連連看

答案：

five — [faIv]
van — [væn]
vase — [ves]

❹ 重組句子 is/My/very/smart/father.

____

答案：My father is very smart.

Unit 46 w [w]

❶ 請找出不同發音者

window [w] van [v] way [w] have [v] wind [w]

答案：van 和 have

❷ 請寫出 wind 的 KK 音標 [　　　]

答案：[wInd]

❸ 請填空：Please close the w _ n _ _ w.

答案：window

❹ Tom winds up his alarm clock. 畫線字的詞性為

(A)名詞 (B) 動詞 (C) 形容詞 (D) 副詞

答案：(B)

Unit 47 wh [hw] / [w]

❶ 請找出 KK 音標為 [hwel] 的字

答案：whale

❷ 哪一個才是 which 的音標？

(A) [hwɪtʃ] (B) [hwalt] (C) [hwɛr] (D) [hwal]

答案：(A)

❸ 重組句子 world/the/is/the/animal/largest/The/in/whale.

____

答案：The whale is the largest animal in the world.

❹ People __________ a lot in the past decades.

(A) why (B) which (C) where (D) whaled

答案：(D)

Unit 48 x [ks]

❶ 請找出 annex 中 x 的正確 KK 音標

(A) [s] (B) [k] (C) [ks] (D) [tʃ]

答案：(C)

❷ 找出發音不同的字

X-ray [ks] fox [ks] gas [s] ox [ks]

答案：gas

PART 1 PART 2 PART 3 附錄

❸ I need a doctor to explain the X-ray film for me. 畫線字的詞性為

(A)名詞　(B) 動詞　(C) 形容詞　(D) 副詞

答案：(C)

❹ 連連看

答案：

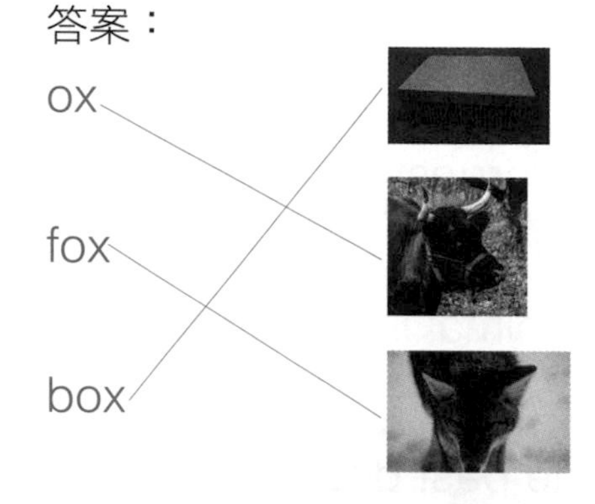

Unit 49 y [j]

❶ 請找出相同發音字

young [j]　(A) system [I]　(B) yes [j]

(C) beauty [I]　(D) my [aI]

答案：(B)

❷ 填空 The y__u__ __ like traveling.

答案：young

❸ 猜字謎

答案：

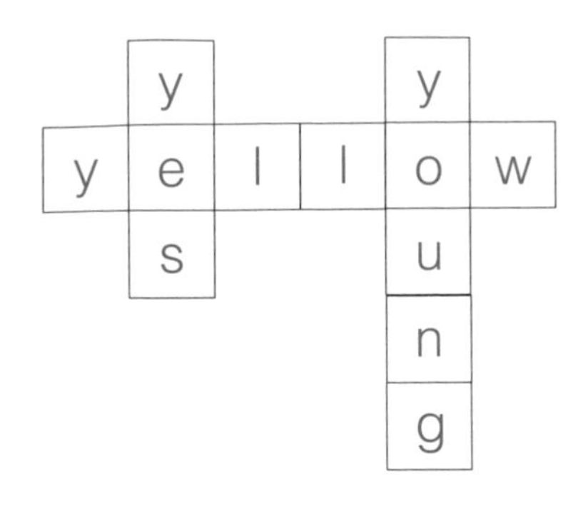

❹ 請寫出 yolk 的 KK 音標 [ ]

答案：[jɔlk]

Unit 50 z [z]

❶ 請找出 zebra 中 z 的正確 KK 音標

(A) [ð] (B) [z] (C) [ʒ] (D) [tʃ]

答案：(B)

❷ 請找出相同拼音的字

(A) zero [z] (B) base [s] (C) ox [ks] (D) buzz [z]

答案：(A) 和 (D)

❸ Taiwan will be a peace ________ in the future.

(A) zero (B) zip (C) zoo (D) zone

答案：(D)

❹ 找出六個相關字

答案：

	p					
	i					
	z	e	b	r	a	e
	e				n	
	r			o		
	o	o	z	z	u	b

Part 3

小試身手

❶ develop　de-ve-lop

❷ helmet　hel-met

❸ sightseeing　sight-see-ing

❹ judge　judge

❺ cheap　cheap

❻ theme　theme

❼ console　con-sole

❽ department　de-part-ment

進階字練習

❶ identification 身分證明 i-den-ti-fi-ca-tion

❷ seashell 貝殼 sea-shell

❸ topographical 地誌學 to-po-gra-phi-cal

❹ pharmaceutical 藥學的 phar-ma-ceu-ti-cal

❺ hypertension 高血壓 hy-per-ten-sion

❻ compartment 分隔 com-part-ment

❼ supercalifragilisticexpiadocious 好
su-per-ca-li-fra-gi-li-sti-cex-pia-do-cious

Learn Smart! 055

圖解英文發音 2 重奏

自然發音、KK 音標 Win-Win (MP3)

作　　者　呂丹宜 Dannie Lu
發 行 人　周瑞德
執行總監　齊心瑀
企劃編輯　魏于婷
校　　對　編輯部
封面構成　高鍾琪
插畫設計　高鍾琪
內頁構成　菩薩蠻數位文化有限公司
印　　製　大亞彩色印刷製版股份有限公司
初　　版　2016 年 2 月
定　　價　新台幣 369 元
出　　版　倍斯特出版事業有限公司
電　　話　(02) 2351-2007
傳　　真　(02) 2351-0887
地　　址　100 台北市中正區福州街 1 號 10 樓之 2
E-mail　best.books.service@gmail.com
網　　址　www.bestbookstw.com

港澳地區總經銷　泛華發行代理有限公司
地　　址　香港新界將軍澳工業邨駿昌街 7 號 2 樓
電　　話　(852) 2798-2323
傳　　真　(852) 2796-5471

國家圖書館出版品預行編目資料

圖解英文發音 2 重奏 : 自然發音、KK 音標 Win-Win / 呂丹宜著. -- 初版. -- 臺北市 : 倍斯特, 2016.02
面 ; 公分. -- (Learn smart! ; 055)
ISBN 978-986-91915-8-6(平裝附光碟片)

1.英語 2.發音

805.141　　104029309